Tucholsky   Wagner   Zola   Scott   Sydow   Freud   Schlegel
Turgenev   Wallace   Fonatne
Twain   Walther von der Vogelweide   Fouqué   Friedrich II. von Preußen
Weber   Freiligrath   Frey
Fechner   Fichte   Weiße Rose   von Fallersleben   Kant   Ernst   Frommel
Richthofen
Hölderlin
Engels   Fielding   Eichendorff   Tacitus   Dumas
Fehrs   Faber   Flaubert   Eliasberg   Ebner Eschenbach
Feuerbach   Maximilian I. von Habsburg   Fock   Zweig   Vergil
Ewald   Eliot
Goethe   Elisabeth von Österreich   London
Mendelssohn   Balzac   Shakespeare   Dostojewski   Ganghofer
Lichtenberg   Rathenau   Doyle   Gjellerup
Trackl   Stevenson   Hambruch
Mommsen   Tolstoi   Lenz   Droste-Hülshoff
Thoma   Hanrieder
Dach   Verne   von Arnim   Hägele   Hauff   Humboldt
Karrillon   Reuter   Rousseau   Hagen   Hauptmann   Gautier
Garschin
Damaschke   Defoe   Hebbel   Baudelaire
Descartes
Hegel   Kussmaul   Herder
Wolfram von Eschenbach   Dickens   Schopenhauer   Rilke   George
Bronner   Darwin   Melville   Grimm   Jerome
Campe   Horváth   Aristoteles   Bebel   Proust
Bismarck   Vigny   Barlach   Voltaire   Federer   Herodot
Gengenbach   Heine
Storm   Casanova   Tersteegen   Gilm   Grillparzer   Georgy
Chamberlain   Lessing   Langbein   Gryphius
Brentano   Lafontaine
Strachwitz   Claudius   Schiller   Kralik   Iffland   Sokrates
Katharina II. von Rußland   Bellamy   Schilling   Raabe   Gibbon   Tschechow
Gerstäcker
Löns   Hesse   Hoffmann   Gogol   Wilde   Vulpius
Luther   Heym   Hofmannsthal   Klee   Hölty   Morgenstern   Gleim
Roth   Heyse   Klopstock   Goedicke
Luxemburg   Puschkin   Homer   Kleist
La Roche   Horaz   Mörike   Musil
Machiavelli   Kierkegaard   Kraft   Kraus
Navarra   Aurel   Musset   Lamprecht   Kind   Kirchhoff   Hugo   Moltke
Nestroy   Marie de France
Laotse   Ipsen   Liebknecht
Nietzsche   Nansen
Marx   Lassalle   Gorki   Klett   Ringelnatz
von Ossietzky   Leibniz
May   vom Stein   Lawrence   Irving
Petalozzi   Knigge
Platon   Michelangelo   Kock   Kafka
Sachs   Pückler   Liebermann   Korolenko
Poe
de Sade   Praetorius   Mistral   Zetkin

Der Verlag tredition aus Hamburg veröffentlicht in der Reihe **TREDITION CLASSICS** Werke aus mehr als zwei Jahrtausenden. Diese waren zu einem Großteil vergriffen oder nur noch antiquarisch erhältlich.

Symbolfigur für **TREDITION CLASSICS** ist Johannes Gutenberg (1400 — 1468), der Erfinder des Buchdrucks mit Metalllettern und der Druckerpresse.

Mit der Buchreihe **TREDITION CLASSICS** verfolgt tredition das Ziel, tausende Klassiker der Weltliteratur verschiedener Sprachen wieder als gedruckte Bücher aufzulegen – und das weltweit!

Die Buchreihe dient zur Bewahrung der Literatur und Förderung der Kultur. Sie trägt so dazu bei, dass viele tausend Werke nicht in Vergessenheit geraten.

Das Abenteuer der Neujahrsnacht

Heinrich Zschokke

Impressum

Autor: Heinrich Zschokke
Umschlagkonzept: toepferschumann, Berlin

Verlag: tredition GmbH, Hamburg
ISBN: 978-3-8424-1307-8
Printed in Germany

Heinrich Zschokke

Das Abenteuer der Neujahrsnacht.

Novelle

1.

Mutter *Käthe*, des alten Nachtwächters Frau, schob am Silvester-
abend um neun Uhr das Zugfensterlein zurück und steckte den
Kopf in die Nacht hinaus. Der Schnee flog in stillen, großen Flocken,
vom Fensterlicht gerötet, auf die Straßen der Residenz nieder. Sie
sah lange dem Laufen und Rennen der frohen Menschen zu, die
noch in den hell erleuchteten Laden und Gewölben der Kaufleute
Neujahrsgeschenke einkauften oder von und zu Kaffeehäusern und
Weinkellern, Kränzchen und Tanzsälen strömten, um das alte Jahr
mit dem neuen in Lust und Freuden zu vermählen. Als ihr aber ein
paar große, kalte Flocken die Nase belegten, zog sie den Kopf zurück, schob das Fensterlein zu und sagte zu ihrem Manne: »Gott-
liebchen, bleib zu Hause und laß die Nacht den Philipp für dich
gehen. Denn es schneit vom Himmel, wie es mag, und der Schnee
tut, wie du weißt, deinen alten Beinen kein Gutes, auf den Gassen
wird es die ganze Nacht lebhaft sein. Es ist, als wäre in allen Häusern Tanz und Fest. Man sieht viel Masken. Da hat unser Philipp
gewiß keine Langeweile.«

Der alte *Gottlieb* nickte mit dem Kopfe und sprach: »Käthchen, ich
laß es mir wohl gefallen. Mein Barometer, die Schußwunde über
dem Knie, hat mir's schon zwei Tage vorausgesagt, das Wetter werde sich ändern. Billig, daß der Sohn dem Vater den Dienst erleich-
tert, den er einmal von mir erbt.«

Nebenbei verdient hier gesagt zu werden, daß der alte Gottlieb
vor Zeiten Wachtmeister in einem Regiment seines Königs gewesen,
bis er bei Erstürmung einer feindlichen Schanze, die er als Erster im
Kampfe für das Vaterland erstieg, zum Krüppel geschossen ward.
Sein Hauptmann, der die Schanze bestieg, nachdem sie erobert war,
empfing für solche Heldentat auf dem Schlachtfelde das Verdienst-
kreuz und Beförderung im Rang. Der arme Wachtmeister mußte
froh sein, mit dem zerschossenen Bein lebendig davonzukommen.
Aus Mitleid gab man ihm eine Schulmeisterstelle, denn er war ein
verständiger Mann, der eine gute Handschrift hatte und gern Bücher las. Bei Verbesserung des Schulwesens ward ihm aber auch die
Lehrerstelle entzogen, weil man einen jungen Menschen, der nicht
so gut wie er lesen, schreiben und rechnen konnte, versorgen woll-

te, indem einer von den Schulräten dessen Pate war. Den abgesetzten Gottlieb aber beförderte man zum Nachtwächter und adjungierte ihm seinen Sohn Philipp, der eigentlich das Gärtnerhandwerk erlernt hatte.

Die kleine Haushaltung hatte dabei ihr kümmerliches Auskommen. Doch war Frau Käthe eine gute Wirtschafterin und gar häuslich, und der alte Gottlieb ein wahrer Weltweiser, der mit Wenigem recht glücklich sein konnte. Philipp verdiente sich bei dem Gärtner, in dessen Lohn er stand, sein tägliches Brot zur Genüge, und wenn er bestellte Blumen in die Häuser der Reichen trug, gab es artige Trinkgelder. Er war ein hübscher Bursche von sechsundzwanzig Jahren. Vornehme Frauen gaben ihm bloß seines Gesichts wegen ein Stück Geld mehr als jedem andern, der eben solch ein Gesicht nicht aufweisen konnte.

Frau Käthe hatte schon das Mäntelein umgeworfen, um aus des Gärtners Hause den Sohn zu rufen, als dieser in die Stube trat.

»Vater,« sagte Philipp und gab dem Vater und der Mutter die Hand, »es schneit, und das Schneewetter tut dir nicht wohl. Ich will dich die Nacht ablösen, wenn du willst. Lege du dich schlafen.« »Du bist brav!« sagte der alte Gottlieb.

»Und dann habe ich gedacht, morgen sei es doch Neujahr,« fuhr Philipp fort, »und ich möchte morgen bei euch essen und mir gütlich tun. Mütterchen, hast vielleicht feinen Braten in der Küche...«

»Das eben nicht,« sagte Frau Käthe, »aber doch anderthalb Pfund Rindfleisch, Erdäpfel zum Gemüs und Reis mit Lorbeerblättern zur Suppe. Auch zum Trunk noch ein paar Flaschen Bier. Komm du nur, Philipp; wir können morgen hoch leben! Künftige Woche gibt es auch wieder Neujahrsgeld für die Nachtwächter, wenn sie teilen. Da können wir schon wohl leben.«

»Nun, desto besser für euch. Und habt ihr schon die Hausmiete bezahlt?« fragte Philipp.

Der alte Gottlieb zuckte die Achseln.

Philipp legte Geld auf den Tisch und sagte: »Da sind zweiundzwanzig Gulden, die ich erspart habe. Ich kann sie wohl entbehren. Nehmt sie zum Neujahrsgeschenk. So können wir alle drei das neue

Jahr wohlgemut und sorgenlos antreten. Gott gebe, daß wir es gesund und fröhlich durchleben. Der Himmel wird ferner für euch und mich sorgen.«

Frau Käthe traten die Tränen in die Augen, und sie küßte ihn. Der alte Gottlieb sagte: »Philipp, du bist wahrhaft der Trost und Stab unsers Alters. Gott wird dir's vergelten. Fahre fort, redlich zu sein und deine Eltern zu lieben. Ich sage dir, der Segen bleibt nicht aus. Zum Neujahr wünsche ich dir nichts, als dein Herz fromm und gut zu bewahren. Das steht in deiner Macht. Dann bist du reich genug. Dann hast du deinen Himmel im Gewissen.

So sprach der alte Gottlieb, ging und schrieb die Summe von zweiundzwanzig Gulden ins große Hausbuch und sagte: »Was du mich als Kind gekostet, hast du beinahe schon alles abbezahlt. Jetzt haben wir aus deinen Ersparnissen schon dreihundert und siebzehn Gulden empfangen und genossen.« »Dreihundert und siebzehn Gulden!« rief Frau Käthe mit großem Erstaunen. Dann wandte sie sich mitleidig zu Philipp und sagte mit weicher Stimme: »Herzenskind, du jammerst mich. Ja, recht sehr jammerst du mich. Hättest du die Summe für dich sparen und zurücklegen können, so würdest du jetzt ein Stück Land kaufen, für eigene Rechnung Gärtnerei reiben und die gute Rose heiraten können. Das geht nun nicht. Aber tröste dich. Wir sind alt; du wirst uns nicht mehr so lange unterstützen müssen.«

»Mutter,« sagte Philipp und runzelte die Stirn ein wenig, »was redest du? Röschen ist mir zwar lieb wie mein Leben. Aber hundert Röschen gäbe ich für dich und den Vater hin. Ich kann in dieser Welt keine Eltern mehr haben als euch; aber wenn es sein muß, wohl noch manches Röschen, wenn ich schon unter zehntausend Röschen kein anderes als Bittners Röschen möchte.«

»Du hast recht, Philipp!« sagte der Alte; »Lieben und Heiraten ist kein Verdienst; aber alte, arme Eltern ehren und unterstützen, das ist Pflicht und Verdienst. Sich selbst opfern mit seinen Leidenschaften und Neigungen für das Glück der Eltern, das ist kindliche Dankbarkeit. Das erwirbt dir Gotteslohn; das macht dich im Herzen reich.«

»Wenn nur,« sagte Frau Käthe, »dem Mädchen die Zeit nicht zu lang oder es dir abtrünnig wird! – Denn Röschen ist ein schönes

Mädchen, das muß man sagen. Es ist freilich arm; aber an Freiern wird es ihm nicht fehlen. Es ist tugendhaft und versteht die Haushaltung.«

»Fürchte dich gar nicht, Mutter!« versetzte Philipp; »Röschen hat mir's feierlich geschworen, sie nehme keinen andern Mann als mich; und das ist genug. Ihre alte Mutter hat eigentlich auch nichts an mir auszusetzen. Und könnte ich heute mein Gewerbe für mich treiben und eine Frau ernähren, morgen hätte ich Röschen am Altar; das weiß ich. Es ist nur verdrießlich, daß die alte Bittnerin uns verbietet, einander so oft zu sehen, wie wir gern möchten. Sie sagt, das tue nicht gut. Ich aber finde, und Röschen findet das auch, es tue uns beiden gewiß sehr gut. Auch haben wir verabredet, uns heut um zwölf Uhr vor der Haupttür der Gregorienkirche zu sprechen; denn Röschen bringt den Sylvesterabend bei einer ihrer Freundinnen zu. Dann führe ich sie des Nachts heim.«

Unter diesem Gesprächen schlug es im benachbarten Turme drei Viertel. Da nahm Philipp den Nachtwächtermantel seines Vaters vom warmen Ofen, auf den ihn Käthe vorsorglich gelegt hatte, hing ihn um, nahm das Horn und die Stange, wünschte den Eltern gute Nacht und begab sich auf seinen Posten.

2.

Philipp schritt majestätisch durch die beschneiten Gassen der königlichen Residenz, auf welchen noch viel Volks umherwandelte, als wär's am Tage. Kutschen fuhren her und hin. Alles war in den Häusern hell und licht. Unsern Nachtwächter belustigte das heitere Leben. Er sang und blies im angewiesenen Stadtquartier die zehnte Stunde recht frohmütig ab, am liebsten und mit mancherlei Nebengedanken vor dem Hause unweit der Gregorienkirche, wo er wohl wußte, daß Röschen bei ihren Freundinnen war. »Nun hört sie mich,« dachte er, »nun denkt sie an mich und vergißt vielleicht Gespräch und Spiel. Wenn sie nur um zwölf Uhr nicht bei der Kirchtür fehlt!«

Und als er seinen Gang durch das Stadtquartier gemacht hatte, kehrte er vor das beliebte Haus zurück und sah nach den erleuchteten Fenstern von Röschens Freundinnen hinauf. Zuweilen sah er weibliche Gestalten am Fenster, dann schlug sein Herz schneller. Er glaubte Röschen zu sehen. Verschwanden die Gestalten, so studierte er ihre verlängerten Schatten an der Wand und Zimmerdecke. um zu erkennen, welcher Röschens Schatten sei und was sie tue. Es war freilich gar nicht so angenehm, in Frost und Schnee dazustehen und Beobachtungen zu machen. Aber was fechten Frost und Schnee einen Liebhaber an! Und Nachtwächter lieben heutzutage so romantisch wie irgend zärtliche Ritter der Vorwelt in Romanzen und Balladen.

Er spürte den Einfluß der Kälte erst, als es elf Uhr schlug und er von neuem die nachtwächterliche Runde beginnen sollte. Die Zähne klapperten ihm vor Frost. Er konnte kaum die Stunde anrufen und dazu blasen. Er wäre gern in ein Bierhaus eingekehrt, um sich wieder zu erwärmen.

Wie er nun durch ein einsames Nebengäßchen ging, trat ihm eine seltsame Gestalt entgegen, ein Mensch mit schwarzer Halblarve vor dem Gesicht, in einen feuerroten Seidenmantel gehüllt, auf dem Haupte einen runden, seitwärts aufgeschlagenen Hut, phantastisch mit vielen hohen, schwankenden Federn geschmückt.

Philipp wollte der Maske ausweichen. Diese aber vertrat ihm den Weg und sagte: »Du bist mir ein allerliebster Kerl, du! Du gefällst mir! Wo gehst du hin? Sag' mir's.«

Philipp antwortete: »In die Mariengasse, da ruf' ich die Stunde.«

»Göttlich!« rief die Maske. »Das muß ich hören. Ich will dich begleiten. So was hört man nicht alle Tage. Komm nur, närrischer Kerl, und laß dich hören,; aber das sag' ich dir, als Virtuose laß dich hören, sonst bin ich nicht zufrieden. Kannst du ein lustiges Stückchen singen?«

Philipp sah wohl, der Herr war ein wenig weinselig und vornehmen Standes, und antwortete: »Herr, beim Glase Wein und in warmer Stube besser als bei solcher Kälte, die einem das Herz im Leibe erstarrt.« – Damit ging er seines Weges in die Mariengasse und sang und blies.

Die Maske hatte ihn dahin begleitet und sprach: »Das ist kein Kunststück. Das kann ich auch, du närrischer Kerl. Gib mir dein Horn; ich will für dich blasen und singen. Du sollst dich halb zu Tode wundern.«

Philipp gab auf der nächsten Station den Bitten der Maske nach und ließ sie blasen und singen. Es ging ganz in der Ordnung. So zum zweiten, zum dritten und zum vierten Male. Die Maske konnte nicht müde werden, Stellvertreter des Nachtwächters zu sein, und war in Lobeserhebungen seiner Geschicklichkeit unerschöpflich. Philipp lachte von ganzem Herzen über die wunderlichen Einfälle des lustigen Herrn, der vermutlich, aus froher Gesellschaft oder von einem Balle kam und sich mit einem Gläschen Wein über die gewöhnliche Höhe des Alltagslebens hinaufgestimmt hatte.

»Weißt du was, Schätzchen? Ich hätte große Lust, ein Paar Stunden zu nachtwächtern. Ist es diesmal nicht, komm' ich mein Lebtag nicht zu der Ehre. Gib mir deinen Mantel und breitkrempigen Hut: ich gebe dir da meinen Domino. Geh in ein Bierhaus, trinke dir ein Räuschchen auf meine Rechnung; und hast du eins, so komm wieder und gib mir meinen Maskenanzug zurück. Hier hast du ein Paar Taler Trinkgeld. Was meinst du, Schätzchen?«

Dazu hatte der Nachtwächter keine Lust. Die Maske aber gab mit Bitten nicht nach, und wie beide in ein finsteres Gässchen traten, wurde kapituliert. – Philipp fror erbärmlich; eine warme Stube hätte ihm wohlgetan, ein gutes Trinkgeld nicht minder. Er bewilligte dem jungen Herrn also das Nachtwächter-Vikariat auf eine halbe Stunde, nämlich bis zwölf Uhr; dann sollte er zur Hauptpforte der Gregorienkirche kommen und Mantel, Hut, Horn und Stange gegen den langen roten Seidenmantel, Larve und Federhut austauschen. Auch nannte er ihm noch vier Straßen, in denen er die Stunde abzurufen habe.

»Herzensschatz!« rief die Maske entzückt, »ich möchte dich küssen, wenn du nicht ein Schmierfinke wärst. Nun, es soll dich nicht gereuen. Um zwölf Uhr stelle dich bei der Kirche ein und hole zum Trinkgeld dir noch ein Bratengeld. Juchhe, ich bin Nachtwächter!«

Die Kleider wurden vertauscht. Die Maske vernachtwächterte sich. Philipp band die Larve um, setzte den von einer funkelnden Schleife gezierten Lederhut auf und wickelte sich in den langen feuerroten Seidenmantel. Als er seinen Stellvertreter verließ, fiel es ihm aber doch aufs Herz, der junge Herr könnte vielleicht aus Uebermut die nachtwächterliche Würde entweihen. Er drehte sich noch einmal um und sagte: »Ich hoffe, Sie werden meine Gutmütigkeit nicht mißbrauchen und Unfug treiben. Das könnte mir Verdruß zuziehen und den Dienst rauben.«

»Was denkst du denn, närrischer Kerl?« rief der Vikar. »Meinst du, ich wisse nicht, was meines Amtes sei? Dafür laß mich sorgen. Ich bin ein Christenmensch, so gut wie du. Packe dich, oder ich werfe dir die Stange zwischen die Beine. Um zwölf Uhr bist du unfehlbar bei der Gregorienkirche und gibst mir meine Kleidung wieder. Adieu! Das ist ein Teufelsspaß für mich.«

Trotzig ging der neue Nachtwächter seines Weges. Philipp eilte, ein nahegelegenes Bierhaus zu erreichen.

3.

Indem er um die Ecke des königlichen Palastes bog, fühlte er sich von einer maskierten Person berührt, die soeben vor diesem Palaste aus einem Wagen stieg. Philipp blieb stehen und fragte nach Maskenart, nämlich mit gedämpfter, leiser Stimme: »Was steht zu Befehl?«

»Gnädiger Herr, Sie sind in Gedanken hier vor der Tür vorübergegangen!« erwiderte die Maske. »Wollen Ihre königliche Hoheit nicht –« »Was? Königliche Hoheit?« sagte Philipp lachend. »Ich bin keine Hoheit. Wie kommen Sie zu dem Einfall?«

Die Maske verbeugte sich ehrfurchtsvoll und schielte nach der strahlenden Diamantschleife auf Philipps Federhut: »Ich bitte um Gnade, wenn ich Maskenrecht verletze. Aber in welches Gewand Sie sich hüllen mögen, Ihre edle Gestalt wird Sie immer verraten. Belieben Sie gefälligst vorzutreten. Werden Sie tanzen, wenn ich, fragen darf?«

»Ich? Tanzen? – Nein. Sie sehen ja, ich habe Stiefel an!« antwortete Philipp.

»Also spielen?« fragte die Maske weiter.

»Noch weniger, ich habe kein Geld bei mir!« erwiderte der Nachtwächter-Adjunkt.

»Mein Gott, disponieren Sie doch über meine Börse, über alles, was ich bin und habe!« rief die Maske und bot dem bestürzten Philipp einen vollen Geldbeutel an.

»Aber wissen Sie denn, wer ich bin?« fragte dieser und schob die Hand mit dem Geldbeutel zurück.

Die Maske flüsterte mit einer graziösen Verbeugung: »Königliche Hoheit, Prinz Julian.«

In diesem Augenblicke hörte Philipp seinen Stellvertreter in einer benachbarten Gasse vernehmlich und laut die Stunde rufen. Jetzt erst merkte er die Verwandlungen, Prinz Julian, in der Residenz als ein junger, wilder, liebenswürdiger und geistvoller Mann bekannt, hatte den Einfall gehabt, die Rollen mit ihm zu vertauschen. »Nun,«

dachte Philipp, »spielt er den Nachtwächter gut, so will ich ihm auch in meiner Prinzenmaske keine Schande machen und zeigen, daß ich wohl eine halbe Stunde lang Prinz sein kann. Es ist seine Schuld, wenn ich allenfalls einen Bock schieße.« – Er wickelte sich fester in den feuerroten Talar, nahm die Geldbörse an, steckte sie ein und sagte: »Maske, wer sind Sie? Ich gebe Ihnen morgen Ihr Geld zurück.«

»Ich bin der Kammerherr Pilzow.«

»Gut. Gehen Sie voran! ich folge Ihnen.«

Der Kammerherr gehorchte, flog die breiten Marmorstufen hinan; ihm behend nach Philipp. Sie traten in einen unermeßlichen Saal, von tausend Kerzen erleuchtet, deren Strahlen sich an den Wänden in einer Menge Spiegel, an der Decke in den schwebenden Kristalleuchtern brachen. Ein buntes Gewühl von Masken wogte durcheinander, Sultane, Tirolermädchen, Papagenos, geharnischte Ritter, Nonnen, Galanteriekrämer, Liebesgötter, Mönche, Faunen, Juden, Perser und Meder. Philipp war eine Weile ganz verblüfft und verblendet. Solch ein Schauspiel hatte er sein Lebtag nicht gehabt. In der Mitte des Saales schwammen hundert Tänzer und Tänzerinnen in den harmonischen Wellen der Musik.

Philipp, dem die milde Wärme wohltat, die ihn hier anhauchte, war von Verwunderung so gelähmt, daß er kaum mit einem Kopfnicken dankte, wenn unter den Vorbeischwärmenden ihn einige Masken bald neckend, bald ehrerbietig, bald zutraulich grüßten.

»Befehlen Sie zum Spieltisch?« flüsterte ihm der Kammerherr zu, der nun, beim Lichte besehen, als Brahmine dastand.

»Lassen Sie mich nur erst auftauen!« entgegnete Philipp: »Mich friert verzweifelt.«

»Aber ein Glas warmen Punsch?« sagte der Brahmine und führte ihn in ein Seitenkabinett. Der Pseudo-Prinz ließ sich nicht bitten. Ein Glas um das andere ward geleert. Der Punsch war gut, und bald ergoß sich sein Feuer durch alle Adern Philipps.

»Wie steht's, Brahmine, Sie tanzen heute nicht?« fragte er den Kammerherrn, als sie in den Saal zurücktraten.

Der Brahmine seufzte und zuckte die Achseln: »Für mich ist Spiel und Tanz vorbei, das Lachen ist vorüber. Die einzige, die ich zum Tanz fordern möchte ... die Gräfin Bonau ... ich glaubte, sie liebe mich ... denken Sie sich meine Verzweiflung ... unsere Häuser waren einig ... plötzlich bricht sie gänzlich mit mir ab.«

»Ei, daß ist das erste, was ich höre!« rief Philipp.

»Mein Gott, Sie wissen nicht? Die ganze Residenz spricht davon!« seufzte der Kammerherr: »Schon seit vierzehn Tagen haben wir gebrochen, Sie erlaubt mir nicht einmal, mich zu rechtfertigen. Drei Briefe schickte sie mir unerbrochen zurück. Sie ist eine geschworene Feindin der Baronesse Reizenthal. Ich hatte ihr gelobt, jeden Umgang mit dieser zu meiden. Denken Sie sich mein Unglück; als die Königin Mutter nach Freudenwald zur Jagdpartie fährt, macht sie mich zum Kavalier der Baronesse – was sollte ich tun? Konnte ich widersprechen? Gerade am Namenstage der göttlichen Bonau mußte ich unerwartet fort ... sie erfuhr alles ... sie verkannte mein Herz.«

»Wohlan, Brahmine, benutzen Sie den Augenblick. Die allgemeine Freude versöhnt alles. Ist die Gräfin nicht hier?«

»Sehen Sie sie nicht dort drüben, links, die Karmeliterin neben den drei schwarzen Masken? Sie hat die Larve abgelegt. O mein Prinz, Ihr gnädiges Fürwort bei ihr ...«

Philipp, den der Punsch begeistert hatte, dachte: Da ist ein gutes Werk zu tun! und machte sich ohne Umstände zur Karmeliterin. Die Gräfin Bonau betrachtete ihn eine Weile ernst und errötend, als er sich zu ihrer Seite niedersetzte. Sie war ein schönes Mädchen! doch bemerkte Philipp bald, sein Röschen sei noch zehntausend mal schöner.

»Meine Gräfin ...« stammelte er und geriet in Verlegenheit, als sie ihren hellen, schwärmerischen Blick auf ihn lenkte.

»Prinz,«, sagte die Gräfin, »Sie waren vor einer Stunde beinahe zu mutwillig.«

»Schöne Gräfin, ich bin dafür jetzt desto ernsthafter.« »Desto besser; so darf ich Sie nicht fliehen, Prinz.«

»Schöne Gräfin, eine Frage nur erlauben Sie mir: tun Sie auch in diesem Nonnenkleide aufrichtige Buße für Ihre Sünden?«

»Ich habe nichts zu büßen.«

»Aber doch, Gräfin, Ihre Grausamkeiten ... Ihr Unrecht gegen den lieben Brahminen, der dort drüben von Gott und aller Welt verlassen steht.«

Die schöne Karmeliterin schlug die Augen nieder und ward ein wenig unruhig.

»Wissen Sie auch, schöne Gräfin, daß der Kammerherr an der Freudenwalder Geschichte so unschuldig ist, wie ich?

»Wie Sie, Prinz?« sagte die Gräfin, und runzelte die Stirn: »Was sagten Sie mir erst vor einer Stunde?«

»Sie haben recht, liebe Gräfin, ich war zu mutwillig. Sie selbst sagen es ja. Nun schwör' ich, der Kammerherr mußte auf Befehl der Königin Mutter nach Freudenwald, mußte gegen seinen Willen dahin, mußte beständig der Kavalier der ihm verhaßten Reizenthal sein ...«

»Der ihm verhaßten!« lächelte spöttisch und bitter die Gräfin.

»Ja, er haßt, er verachtet die Baronin. Glauben Sie mir, er hat gegen die Baronesse fast alle Grenzen des Anstandes verletzt, hat sich durch sein Betragen vielen Verdruß zugezogen. Ich weiß es. Und das alles tat er für Sie. Nur Sie liebt er, nur Sie betet er an. Und Sie – Sie können ihn verstoßen!«

»Wie kommt es, Prinz, daß Sie sich für Pilzow so lebhaft interessieren? Sonst war's doch nicht so.«

»Es geschieht, Gräfin, weil ich ihn vorher nicht kannte, noch weniger seine traurige Lage, in die Sie ihn stürzten. Ich schwöre Ihnen, er ist unschuldig. Sie haben ihm nichts zu verzeihen, aber wohl er Ihnen.«

»Still!« lispelte die Karmeliterin mit erheiterten Mienen: »Man achtet auf uns. Kommen Sie hinweg von hier!« – Sie legte ihre Larve vor, stand auf und gab dem vermeinten Prinzen den Arm. Beide gingen den Saal entlang, dann in ein leeres Seitenkabinett. Hier führte die Gräfin bittere Klagen gegen den Kammerherrn; aber es waren nur Klagen eifersüchtiger Liebe. Sie trocknete eine Träne ab. Da trat schüchtern der zärtliche Brahmine herein. Es entstand tiefe Stille. Philipp wußte hier nichts Besseres zu tun, als er führte den

Kammerherrn zur Karmeliterin, legte beider Hände ineinander ohne ein Wort zu sagen, und überließ sie ihrem Schicksal. Er selbst ging in den Saal zurück.

4.

Hier stieß ihn ein Mameluk an und sagte hastig: »Gut, Domino, daß ich Sie finde. Ist das Rosenmädchen hier im Kabinett?« – Der Mameluk trat hinein, und kam den Augenblick wieder zurück. »Auf ein Wort allein, Domino!« und führte Philipp in einen entlegenen Teil des Saales ans Fenster.

»Was steht zu Befehl?« fragte Philipp.

»Ich beschwöre Sie,« sagte der Mameluk mit gedämpfter, aber fürchterlicher Stimme, »wo ist das Rosenmädchen?«

»Was geht mich das Rosenmädchen an?«

»Aber mich desto mehr!« entgegnete der Mameluk, dessen gepreßte Stimme, dessen unruhige Bewegungen eine schreckliche Gärung seines ganzen Innern verrieten: »Mich desto mehr! Es ist mein Weib. Sie wollen mich unglücklich, machen. Prinz, ich beschwöre Sie, treiben Sie mich nicht zum Wahnsinn. Lassen Sie von meinem Weibe.«

»Von Herzen gern!« antwortete Philipp trocken: »Was habe ich mit Ihrer Gemahlin zu schaffen?«

»O! Prinz! Prinz!« rief der Mameluk: »Ich bin zum Aeußersten entschlossen, und sollte es mir das Leben kosten. Verstellen Sie sich keinen Augenblick länger vor mir. Ich habe alles entdeckt. Hier, da – sehen Sie – hier ist das Billett, das Ihnen das falsche Weib in die Hand drückte, und Sie, ohne es gelesen, zu haben, im Gedränge verloren.«

Philipp nahm den Zettel. Mit Bleistift war von einer weiblichen Hand darauf geschrieben: »Aendern Sie die Maske. Alles kennt Sie. Mein Mann beobachtet Sie. Mich kennt er nicht. Wenn Sie artig sind, lohn' ich's Ihnen.«

»Hm!« brummte Philipp: »Das ist, so wahr ich lebe, nicht an mich geschrieben. Ich bekümmere mich um Ihre Gemahlin wenig.«

– »Himmel und Hölle, Prinz, machen Sie mich nicht rasend. Wissen Sie, wen Sie vor sich haben? Ich bin der Marschall Blanken-

schwerd. Daß Sie meinem Weibe nachstellen, ist mir seit der letzten
Redoute am Hofe nicht mehr unbekannt.«

»Herr Marschall,« versetzte Philipp, »nehmen Sie mir's nicht übel,
die Eifersucht blendet Sie. Wenn Sie mich recht kennten, Sie würden
von mir so tolles Zeug gar nicht denken. Ich gebe Ihnen mein Eh-
renwort, Ihre Gemahlin soll Ruh vor mir haben.«

– »Ist es Ihr Ernst, Prinz?«

»Vollkommen.«

– »Geben Sie mir den Beweis.«

»Wie verlangen Sie ihn?«

– »Sie haben sie bisher abgehalten, ich weiß es, zu ihren Verwandten nach Polen mit mir zu reisen. Bereden Sie sie jetzt dazu.«

»Von Herzen gern, wenn Ihnen damit gedient ist.«

–»Alles, königliche Hoheit, alles! Sie verhüten entsetzliches, un-
vermeidliches Unglück.«

Der Mameluk plauderte noch ein Langes und Breites, bald wei-
nerlich, bald flehend, bald drohend, daß dem guten Philipp bange
ward, der Mensch könne in seiner Tollheit mit ihm vor aller Welt
Händel beginnen. Und das war ihm eben nicht gelegen. Er war froh,
als er von ihm abkam.

Kaum hatte er sich in der Masse der Uebrigen verloren, kniff ihn
eine weibliche Maske, die schwarz beflort in tiefen Trauerkleidern
einherging, freundlich in den Arm und flüsterte: »Schmetterling,
wohin? – Flößt Ihnen die verlassene Witwe kein Mitleiden ein?«

Philipp erwiderte gar höflich: »Schöne Witwen finden nur der
Tröster zu viel – darf ich mich zur Zahl Ihrer Tröster zählen?«

»Warum sind Sie so ungehorsam und änderten die Maske nicht?«
sagte die Witwe, indem sie mit ihm seitwärts ging, wo sie freier mit
ihm ins Gespräch treten konnte: »Glauben Sie denn, Prinz, daß Sie
nicht von jedem hier erkannt sind?«

»Die Leute,« versetzte Philipp, »sind doch ungewiß, und irren
sich in mir.«

»Wahrhaftig nicht, Prinz; und kleiden Sie sich nicht auf der Stelle anders, so verlasse ich Sie für den ganzen Abend. Denn ich möchte meinem Mann keinen Anlaß zu einem Auftritte geben.«

Jetzt wußte Philipp, mit wem er es zu tun hatte. »Sie waren das schöne Rosenmädchen. Sind die Rosen so schnell verblüht?«

»Was ist nicht vergänglich? Besonders Männertreue! Ich sah wohl, wie Sie mit der Karmeliterin davongeschlichen. Bekennen Sie nur Ihre Flatterhaftigkeit. Sie können nicht mehr leugnen.

»Hm!« versetzte Philipp trocken: »Klagen Sie mich nicht an, sonst klag' ich Sie auch an.«

»Zum Beispiel, schöner Schmetterling?«

»Es gibt, zum Beispiel, doch keinen treuern Mann, als den Marschall.«

»Das ist er wohl. Und ich habe unrecht, wahrlich großes Unrecht, Sie zu viel angehört zu haben. Ich mache mir Vorwürfe genug. Er hat leider unser Verhältnis ausgespürt.«

»Seit der letzten Redoute am Hofe, schöne Witwe.« »Wo Sie zu ausgelassen und unvorsichtig waren, schöner Schmetterling.«

»Machen wir's wieder gut. Trennen wir uns. Ich schätze den Marschall. Ich mag ihn meinetwegen nicht leiden sehen.«

Die Witwe betrachtete ihn eine Weile sprachlos.

»Haben Sie,« fuhr Philipp fort, »wirklich einige Achtung für mich, so reisen Sie mit dem Marschall nach Polen zu Ihren Verwandten. Es ist besser, daß wir uns nicht zu viel sehen. Eine schöne Frau ist schön; eine treue, tugendhafte Frau ist aber noch schöner.«

»Prinz!« rief die bestürzte Marschallin: »Ist das Ihr Ernst? Haben Sie mich je geliebt oder belogen?«

»Sehen Sie,« sagte Philipp, »ich bin ein Versucher ganz eigner Art. Ich suche die Tugend und Treue unter den Weibern, und finde sie so selten. Die Treueste und Tugendhafteste kann mich allein fesseln – darum fesselt mich keine. Doch, holla, nein, daß ich nicht lüge. Eine hat mich gefesselt. Aber, es tut mir leid, Frau Marschallin, das sind eben Sie gerade nicht.«

»Sie sind in einer abscheulichen Laune, Prinz!« sagte die Witwe, und das Zittern ihrer Stimme und das Auf- und Abwogen ihres Busens verriet, was in ihr vorging.

»Nein,« erwiderte Philipp, »ich bin, so wahr ich lebe, in der ehrlichsten Laune von der Welt. Ich möchte gern einen dummen Streich wieder gutmachen. Ich hab' es Ihrem Manne auch gesagt.«

»Wie?« rief die Witwe erschrocken: »Sie haben dem Marschall alles offenbart?«

»Nicht eben alles, nur was ich wußte.«

Die Witwe wandte sich in heftiger Bewegung rechts und links. Sie rang die Hände. Endlich fragte sie: »Wo ist mein Mann?«

Philipp zeigte auf den Mameluken, der in dem Augenblick mit langsamen Schritten daherkam.

»Prinz!« sagte die Witwe mit einem Tone voll unaussprechlichen Zorns: »Prinz, verzeihe Ihnen Gott, ich kann Ihnen nie verzeihen. Solcher Abscheulichkeit hielt ich nie das Herz eines Menschen fähig. Sie sind ein Verräter. Mein Mann ist ein Ehrenmann im Mamelukenkleide, Sie sind ein Mameluk im Ehrenkleide. In dieser Welt sehen Sie mich nicht wieder.« – Mit diesen Worten wandte sie ihm schnell und stolz den Rücken, ging auf den Mameluk zu und verlor sich mit ihm, wie man sah, in eine sehr ernste Unterredung.

Philipp lachte heimlich vor sich in den Bart und dachte bei sich: »Mein Substitut, der Nachtwächter, mag sehen, wie er zurechtkommt. Ich spiele meine Rolle in seinem Namen so übel nicht. Wenn er nur morgen so ehrlich fortfährt, wie ich angefangen habe.«

Er trat zu den Tanzenden und erblickte mit Vergnügen die schöne Karmeliterin in den Reihen der Tänzerinnen an der Seite ihres überglücklichen Brahminen. Dieser ward den feuerfarbenen Domino kaum gewahr, so warf er ihm eine Kußhand zu, und bezeichnete pantomimisch die Höhe seiner Seligkeit. Philipp dachte bei sich: »Schade, daß ich nicht Prinz für zeitlebens bin. Die Leute sollten bald alle mit mir zufrieden sein. Es ist in der Welt nichts leichter, als ein Prinz zu sein. Mit einem Worte vermag er mehr, als der beste Advokat mit einer langen Rede. Er hat das Vorrecht, geradezu zu gehen und frei von der Leber weg zu sprechen. Ja, wenn ich Prinz wäre, dann wäre mein Röschen – für mich verloren. Nein, ich möchte nicht Prinz sein.«

Er sah nach der Uhr, es war erst halb zwölf Uhr.

Da kam der Mameluk in Hast auf ihn zu, zog ihn auf die Seite und gab ihm ein Papier. »Prinz,« rief der Mameluk, »ich möchte zu Ihren Füßen fallen und Ihnen im Staube danken. Ich bin versöhnt mit meiner Frau. Sie haben Ihr Herz gebrochen; aber es ist gut, daß es geschah. Sie will noch diese Nacht abreisen. Sie will auf den Gütern in Polen bleiben. Leben Sie wohl. In welcher Stunde es auch sei, ich erwarte Ihre Befehle, wenn es darauf ankommt, für Ihre königliche Hoheit in den Tod zu gehen. Mein Dank ist ewig. Leben Sie wohl!«

»Halt!« rief Philipp, da der Marschall schnell davon wollte: »Was soll ich mit dem Papier?«

Der Marschall antwortete: »Es ist meine Spielschuld von voriger Woche, die ich fast vergessen hatte und jetzt bei der Abreise nicht vergessen möchte. Ich habe den Wechsel auf Ihre königliche Hoheit endossiert.« Damit verschwand der Marschall.

5.

Philipp schielte auf das Blatt, las da etwas von fünftausend Gulden, steckte das Papier zu sich und dachte: »Schade, daß ich nicht Prinz bin.«

Indem wisperte ihm jemand ins Ohr: »Königliche Hoheit, wir sind beide verraten. Ich erschieß mich!.« – Philipp sah sich mit großen Augen um und erblickte einem Neger.

»Was wollen Sie, Maske?« fragte Philipp ganz gelassen.

»Ich bin der Oberst Kalt!« antwortete flüsternd der Neger: »Die unselige Marschallin hat dem Herzog Hermann geplaudert, und dieser speit jetzt Feuer und Flammen gegen Sie und mich.«

»Meinethalben!« versetzte Philipp.

»Aber der König erfährt alles!« seufzte der Neger ängstlich: »Vielleicht werde ich diese Nacht schon arretiert und morgen auf die Festung gebracht. Ich erhänge mich lieber.«

»Davon haben Sie keinen Nutzen!« sagte Philipp.

»Soll ich mich lebenslänglicher Schande preisgeben? Ich bin verloren. Der Herzog wird mutige Genugtuung fordern. Sein Rücken ist gewiß noch blau von der Tracht Schläge, die ich ihm gab. Ich bin verloren und das Bäckermädchen dazu. Ich springe von der Brücke und ersäufe mich noch diese Nacht.«

»Behüte Gott!« sagte Philipp. »Was hätten Sie und das Bäckermädchen davon?«

»Ihre königliche Hoheit scherzt, und ich bin in Verzweiflung. Ich flehe untertänigst, nur ein paar Augenblicke unter vier Augen gönnen Sie mir.«

Philipp folgte dem Neger in ein einsames Seitengemach, wo wenige Kerzen einen düsteren Schein verbreiteten. Der Neger warf sich, wie gelähmt, auf ein Sofa nieder und seufzte laut. Philipp fand auf einem Tische Erfrischungen nebst feinen Weinen und ließ sich's schmecken.

»Ich begreife nicht, wie Ihre königliche Hoheit so ruhig bei der verdammten Geschichte bleiben kann!« sagte der Neger: »Wäre nur der Schelm, der Neapolitaner Salmoni, noch hier, der den Geisterbeschwörer spielte; der Kerl war voller Ränke von den Zehen an bis zum Scheitel und hätte uns vielleicht mit einer List retten können. Jetzt hat er sich aus dem Staube gemacht.«

»Desto besser!« erwiderte Philipp und füllte sein Glas von neuem. »So schieben Sie alle Schuld auf ihn. Er ist davon.«

»Wie auf ihn schieben? Der Herzog weiß nun, daß Sie, ich, die Marschallin und das Bäckermädchen in der Intrigue waren, um aus seinem Aberglauben Nutzen zu ziehen. Er weiß, daß Sie den Salmoni zur Geisterbannerei bestachen; daß ich mein Bäckermädchen, in das er verliebt war, abrichtete, um ihn in die Falle zu locken; daß ich der Geist war, der ihn zu Boden warf und ihm das Fell bläute. Hätte ich nur den Spaß nicht zu weit getrieben! Aber ich wollte ihm die Liebe zu meinem Mädchen ein wenig ausklopfen. Es ist ein verdammter Streich. Ich nehme Gift.«

»Nehmen Sie lieber ein Glaß Wein; er ist gut!« sagte Philipp und nahm mit großer Eßlust ein frisches Stück Torte. Und überhaupt, setzte er hinzu, muß ich Ihnen offen gestehen, lieber Oberst, daß Sie für einen Obersten sehr feig sind und sich da einer Narrengeschichte willen gleich erschießen, ersäufen, vergiften und aufhängen wollen. Es wäre schon an einem zuviel. Zweitens muß ich Ihnen sagen, daß ich aus Ihrem Geschwätz da untereinander noch zur Stunde nicht klug werde.«

»Königliche Hoheit halten zu Gnaden, ich weiß nicht, wo mir der Kopf steht. Der Kammerjunker des Herzogs – er ist mein alter Freund – vertraute mir diesen Augenblick, die Marschallin sei, vom Teufel geplagt, erst vor wenigen Minuten zum Herzog getreten und habe ihm gesagt: die Komödie im Haus des Bäckers hat Ihnen Prinz Julian gestiftet, der Ihnen seine Schwester nicht gönnte. Die Hexe, die Sie sahen, war ich selbst, als Abgeordnete der Prinzessin, um Zeugin Ihres Aberglaubens zu sein. Prinz Julian hat das Verzeichnis Ihrer Schulden, das Sie in die Gruft warfen, aus welcher Sie die Schätze heben sollten, sowie Ihren Revers gegen das Bäckermädchen, das Sie, nach der Vermählung mit der Prinzessin, als Mätresse zu sich nehmen, und adeln lassen wollten. Und der Geist, der Sie abprügelte, war Oberst Kalt, der Handlanger des Prinzen. Darum ging es mit Ihrer Vermählung dem Krebsgang. Machen Sie sich keine Hoffnung länger; Sie warten vergebens. – So hat die Marschallin dem Herzog gesagt und ist verschwunden.«

Philipp schüttelte den Kopf und brummte: »Das sind mir auch saubere Geschichten! Solcher Streiche schämt man sich ja im gemeinsten Pöbel. Was Teufeleien und kein Ende!

»Nein,« rief der Oberst, »Rasenderes, Pöbelhafteres kann man nicht tun als die Marschallin. Das Weib muß eine Furie sein. – Gnädigster Herr, retten Sie mich.«

»Wo ist denn der Herzog?« fragte Philipp.

»Der Kammerjunker sagte, er sei schnell aufgestanden und habe bloß gerufen: Ich gehe zum König! Denken Sie, Prinz, wenn der zum König geht und unsere Historie nach seiner Art malt.«

»Ist denn der König hier?«

»Allerdings. Er spielt im Nebenzimmer mit dem Erzbischof und dem Polizeiminister l'Hombre.«

Philipp ging mit großen Schritten durch das Kabinett. Hier war guter Rat teuer.

»Königliche Hoheit,« sagte der Neger, »retten Sie mich. Es gilt Ihre eigene Ehre. Es wird Ihnen leicht sein. Uebrigens bin ich auf alles gefaßt und beim ersten bösen Wind über die Grenze. Ich packe ein. Morgen erwarte ich Ihre letzten Befehle über mein Verhalten.« – Mit diesen Worten verschwand der Neger.

6.

»Es ist hohe Zeit, daß du wieder Nachtwächter wirst, Philipp!« dachte Philipp bei sich selber. »Du verwickelst dich und deinen Substitut in gottlose Händel, aus denen dich und ihn weder seine noch meine Klugheit rettet. – Das also wäre der Unterschied zwischen einem Nachtwächter und einem Prinzen? Dafür wend' ich keine Hand um. Lieber Himmel, wieviel tolle Dinge geschehen bei den Erdengöttern hier unterm Hofhimmel, wovon wir uns bei Nachtwächterhorn und Webstuhl, bei Spaten und Leisten nichts träumen lassen! Man bildet sich ein, die Götter führen ein Leben wie die Engel, ohne Sünde, ohne Sorgen. Saubere Wirtschaft! ich habe in einer Viertelstunde hier mehr Bübereien gutzumachen, als ich in meinem ganzen Leben begangen habe.«

»So einsam, mein Prinz?« flüsterte hinter ihm eine Stimme: »Ich preise mich glücklich, Ihre königliche Hoheit einen Augenblick allein zu treffen.«

Philipp sah sich um. Es war ein Bergknappe in Gold und Seiden und Juwelen. »Was wollen Sie?« fragte Philipp.

»Nur einen Augenblick gnädigstes Gehör!« antwortete der Knappe. »Es ist dringend, das Resultat Ihnen vielleicht lieb.«

»Wer sind Sie denn, Maske, wenn ich fragen darf?«

»Graf Bodenlos, der Finanzminister, Ihrer königlichen Hoheit zu dienen!« versetzte der Knappe und lüpfte die Larve, um ein Gesicht zu zeigen, das mit den kleinen Augen und der großen kupferroten Nase eine neue Larve zu sein schien.

»Nun, Herr Graf, was steht zu Befehl?« fragte Philipp weiter.

»Darf ich freimütig reden? Ich ließ mich schon dreimal bei Ihrer königlichen Hoheit melden und genoß nicht die Gnade, vorgelassen zu werden. Und doch – Gott ist Zeuge! – nimmt am ganzen Hofe niemand an Ihrer königlichen Hoheit Wohl und Weh so lebhaften Anteil wie ich.«

»Herr Graf, ich bin Ihnen verbunden!« versetzte Philipp. »Aber was wollen Sie! Machen Sie's kurz.«

»Darf ich vom Handelshaus Abraham Levi reden?« fragte der Bergknappe.

»Soviel Sie wollen.«

»Es hat sich an mich wegen der fünfzigtausend Gulden gewendet, die Sie ihm schuldig geworden sind. Er droht, sich an den König zu wenden. Und Sie wissen, welches Wort Sie dem Könige gaben, als er Ihre letzten Schulden zu zahlen befahl?«

»Können die Leute nicht warten?« fragte Philipp.

»So wenig, wie die Gebrüder Goldschmidt warten wollen, die an Ihnen fünfundsiebzigtausend Gulden fordern.«

»Mir gleich. Wenn die Menschen nicht warten wollen, so muß ich ...«

»Keine verzweifelten Entschlüsse, gnädigster Herr! Ich bin imstande, alles wieder ins Geleis zu bringen, wenn ...«

»Was denn, wenn?«

»Wenn Sie mir Ihre Gnade schenken, wenn Sie mich nur einen Augenblick anzuhören geruhen. Ich hoffe, alle Ihre Schulden ohne Mühe zu decken. Das Haus Abraham Levi hat ungeheure Aufkäufe von Getreide veranstaltet, so daß dasselbe sehr im Preise gestiegen ist. Ein Verbot der Kornausfuhr gegen die benachbarten Staaten wird den Preis um das Doppelte und Dreifache in die Höhe schnellen. Dann gibt man dem Abraham Levi Lizenzen, und alles ist in der Ordnung. Das Haus streicht die Schulden, übernimmt für Sie die Zahlung der fünfundsiebenzigtausend Gulden, und ich überreiche Ihnen die Quittungen. Alles aber hängt von dem Umstande ab, daß ich noch einige Jahre an der Spitze der Finanzen bleibe. Gelingt es dem Baron Greifensack, mich aus dem Ministerium zu verdrängen, so bin ich ohnmächtig, für Sie zu handeln, wie es mein heißester Wunsch wäre. Es steht bei Ihrer königlichen Hoheit, daß Sie die Partei des Greifensack verlassen, und unser Spiel ist gewonnen. Für mich ist es einerlei, ob ich im Ministerium bleibe oder nicht. Ich sehne mich nach Ruhe. Aber es ist mir für Ihre königliche Hoheit nicht gleichgültig. Kann ich die Karten nicht nach Gefallen mischen, so habe ich verloren.«

Philipp wußte eine Weile nicht, was auf den Antrag erwidern. Endlich, während der Finanzminister, auf Antwort wartend, eine Brillantdose hervorzog und eine Prise nahm, sagte Philipp: »Wenn ich Sie recht verstehe, Herr Graf, wollen Sie das Land ein wenig aushungern, um meine Schulden zu zahlen. Denken Sie auch, wieviel Elend Sie anrichten! Und wird es der König zugeben?«

»Wenn ich an den Geschäften bleibe, so lassen Sie das meine Sache sein, gnädigster Herr. Sobald die Preise der Lebensmittel steigen, wird der König sogleich von selbst an eine Kornsperre denken und die Getreideausfuhr mit schweren Zöllen hemmen. Dann gibt man dem Haus Abraham Levi Ausfuhrbewilligungen für zehn Säcke, und es führt hundert aus. Nichts leichter als das. Allein, wie gesagt, kommt der Greifensack ans Ruder, wird daraus nichts. Ehe er sich ins Fach hineinstudiert, vergehen Jahre. So lange wird er aus Not den ehrlichen Mann spielen, um nachher den König und das Land desto ärger zu prellen. Er muß erst sein Terrain kennen. Es gibt keinen ärgeren Juden als den Greifensack. Sein Geiz ist stinkend.

»Schöne Aussichten!« sagte Philipp. »Wie lange glauben Sie, muß ein Finanzminister auf seinem Posten stehen, ehe er die Schere an das Volk legen kann, um für sich und Unsereins etwas zu schneiden?«

»Hm, wenn er Kopf hat, bringt er's in einem Jahre weit.«

»So sollte man dem König raten, alle zwölf Monate einen neuen Finanzminister zu machen, wenn er immer ehrlich bedient sein will.«

»Ich hoffe, gnädiger Herr, seit ich die Finanzen führe, ist dem König und dem Hofe nichts abgegangen.«

»Das glaub' ich, Graf, aber dem armen Volks desto mehr. Es weiß die Menge der Steuern und Auflagen kaum noch zu erschwingen. Sie sollten ein wenig barmherziger mit uns umgehen.«

»Mit *uns*? – Tue ich nicht alles für den Hof?«

»Nein, barmherziger mit dem Volke sollten Sie verfahren, meine ich.«

»Mein Prinz, ich weiß, welche Achtung ich Ihren Worten schuldig bin. Der König mit seiner erlauchten Familie ist das Volk, dem ich diene; das, was man Volk nennt, kann in seine Betrachtung kommen. Das Land ist des Königs Eigentum. Völker sind nur insofern achtbar, als sie, gleich anderen Nullen, die der Hauptzahl folgen, den Wert derselben vergrößern. Aber es ist hier nicht der Augenblick, den abgedroschenen Wortkram über den Wert der Völker zu erneuern; sondern ich bitte um gnädigen Entscheid, ob ich die Ehre haben soll, Ihre Schulden auf die bewußte Weise zu beseitigen?«

»Antwort: nein, nein und nimmermehr auf Unkosten von hunderttausend und mehr armen Familien.«

»Königliche Hoheit, es geht ja nur auf Rechnung des Hauses Abraham Levi. Und wenn ich dies Haus nötige, Ihnen noch zu den Quittungen Ihrer Schulden fünfzigtausend Gulden bar zuzulegen? Ich denke, es läßt sich machen. Das Haus gewinnt durch die einzige Operation so viel, daß –«

»Vermutlich auch für Sie, Herr Graf, noch ein artiges Trinkgeld herauskommt.«

»Ihre königliche Hoheit belieben zu scherzen. Ich gewinne dabei nichts. Ich brenne nur vor Begierde, Ihre Huld wieder zu erhalten.«

»Sie sind sehr gütig.«

»Also darf ich hoffen, mein Prinz?«

»Herr Graf, ich werde tun, was recht ist; tun Sie Ihre Pflicht.«

»Meine Pflicht ist, Ihnen zu dienen. Morgen lasse ich den Levi berufen, schließe den Handel mit ihm ab und habe die Ehre, Ihrer königlichen Hoheit die besagten Quittungen zu überreichen nebst Anweisung auf fünfzigtausend Gulden.«

»Gehen Sie, ich mag davon nicht hören.«

»Und Ihre königliche Hoheit wenden mir Ihre Gnade wieder zu? Denn ohne im Ministerium zu stehen, könnte ich dem Abraham Levi unmöglich –«

»Ich wollte, Sie und Ihr Ministerium und Ihr Abraham Levi säßen alle drei auf dem Blocksberg. Das sag' ich Ihnen, entsteht eine Kornsperre, läßt die Teuerung der Lebensmittel nicht auf der Stelle nach, verkauft Ihr Judenhaus nicht das aufgespeicherte Getreide sogleich um den Ankaufspreis, so gehe ich ohne weiteres zum König, decke ihm alle Schelmereien auf und helfe Sie samt dem Abraham Levi aus dem Lande jagen. Verlassen Sie sich darauf – ich halte Wort.«

Philipp drehte sich um, ging in den Tanzsaal und ließ den Finanzminister ganz versteinert hingepflanzt stehen.

7.

»Wann befehlen, Ihre königliche Hoheit, daß der Wagen vorfahren soll?« flüsterte ihm eine Stimme zu, als er durch die Masten im Saal entlang ging. Es war ein dicker holländischer Kaufmann mit einer Stutzperücke, der die Worte an ihn richtete.

»Ich fahre nicht.«

»Es ist halb zwölf Uhr vorbei. Prinz. Die schöne Sängerin erwartet Sie. Sie hat Langeweile.«

»So mag sie sich etwas singen.«

»Wie, Prinz, hätten Sie Ihren Sinn geändert? – Die reizende Rollina wollten Sie im Stich lassen? – Den goldenen Augenblick verlieren, nach dem Sie seit zwei Monaten vergebens seufzten? – Ihr Billett, das, Sie diesen Morgen durch mich an Signora Rollina mit der Brillanten-Uhr schickten, tat dies Wunder. Die stolze Spröde ergibt sich. Sie waren den Mittag noch so hoch entzückt, und nun mit einem Male so kalt wie Eis? Was ist mit Ihnen vorgegangen? Die Verwandlung begreife ich nicht.«

»Das gilt mir gleich.«

»Sie haben mir aber befohlen. Sie um halb zwölf Uhr zu begleiten. Hätten Sie andere Engagements?

»Freilich.«

»Etwa ein Souper bei der Gräfin Born? Sie ist nicht am Ball erschienen – wenigstens ist hier unter allen Masken keine Spur von ihr. Ich könnte sie an ihrem Gang und ihrer eigenen Art, das niedliche Köpfchen zu tragen, unter Tausenden unterscheiden. Wie, Prinz?« »Und wenn es wäre, müßt' ich's Ihnen anvertrauen?«

»Ah, ich verstehe und schweige. Wollen Sie aber die Signora Rollina nicht wenigstens wissen lassen, daß Sie nicht kommen werden?«

»Hat sie mich zwei Monate nach ihr seufzen lassen, so mag sie auch einmal zwei Monate für mich seufzen. Ich gehe nicht.«

»Also aus dem prächtigen Halsschmuck, den Sie ihr zum Neujahrsgeschenk bestimmten, wird nun vermutlich auch nichts.«

»Wenn's auf mich ankommt, schwerlich.«

»Wollen Sie ganz mit ihr brechen, gnädigster Herr?«

»Ich habe mit ihr noch nicht angebunden.«

»Nun denn, Prinz – so darf ich offen sein. So darf ich die Wahrheit sagen, die Sie vielleicht aber schon wissen. Ich vermute es wenigstens aus Ihrer schnellen Sinnesänderung. – Nur Ihre Leidenschaft für die Rollina schreckte mich ab, es Ihnen früher zu gestehen. Sie sind betrogen.«

»Von wem?«

»Von der listigen Operistin. Sie würden die Gunst derselben mit einem Juden teilen müssen.«

»Mit einem Juden?«

»Nun ja, mit dem Sohn des Abraham Levi.«

»Ist der Schelm denn überall?«

»Sie wissen also noch nicht? Ich sag Ihnen die heilige Wahrheit. Wären Ihre königliche Hoheit nicht dazwischengekommen, der Jude würde die feile Schöne öffentlich unterhalten. Es tut mir nur um die Uhr leid.«

»Mir nicht.«

»Die Metze verdient den Staupbesen.«

»Es wird mancher nicht nach Verdienst gewürdigt.«

»Königliche Hoheit, nur zu wahr. Zum Beispiel, ich habe neulich ein Mädchen entdeckt – o Prinz, die ganze Stadt und daß ganze Königreich hat nichts Schöneres, nichts Lockenderes aufzuzeigen. Aber wenige Menschen kennen das himmlische Geschöpf. Puh, was ist die Rollina daneben! Eine alte Hexe von Denner. Sehen Sie, ein Mädchen schlank und schwank, wie ein Rohr; eine Farbe, eine zarte Haut, wie Abendrot auf Schnee; ein Paar Augen, wie Sonnen; ein goldener, dicker Haarwuchs – kurz, in meinem Leben sah ich nichts Schöneres. Aber wer würdigt diese Venus? Es ist eine Liebesgöttin in bürgerlicher Haube. Auf diese müssen wir Jagd machen.«

»Also ein Bürgermädchen?«

»Freilich nur eine Grisette, aber – nein, Sie müssen sie sehen, und Sie werden brennen. Was hilft da mein Schildern und Preisen! Was Sie je in den schönsten Träumen Entzückendes träumen konnten, ist da in Natur verkörpert, und dabei noch die liebste, zarteste, unentweihteste Unschuld! – Man sieht sie aber selten. Sie weicht selten von ihrer Mutter. Doch kenne ich ihren Sitz in der Kirche und den Sonntagsspaziergang, den sie gewöhnlich mit ihre Mutter vor das Ulmentor macht. Auch habe ich schon ausgespürt, daß ein junger, hübscher Kerl, ein Gärtner, ihr den Hof macht. Er kann sie aber nicht heiraten, weil er ein armer Teufel ist, und das Mädchen hat auch nichts. Die Mutter ist Witwe eines an der Auszehrung gestorbenen Leinewebers.«

»Wie heißt die Mutter?«

»Witwe Bittner im Milchgäßchen, und ihre Tochter, schön wie eine Rose, heißt, was sie in der Tat ist, Röschen.«

Dem guten Philipp wurde es bei diesem Namen kalt und warm. Er hätte die beste Lust gehabt, dem Erzähler die geballte Faust auf den Kopf zu geben. »Sind Sie des Teufels?« rief Philipp.

»Gelt!« sagte der Holländer. »Ich habe schon gut gekundschaftet. Sie müssen das niedliche Ding erst sehen. Oder wie, mein Prinz, sollte Ihr Scharfblick schon die köstliche Perle entdeckt haben? Kennen Sie sie wirklich?«

»Ich kenne sie allerdings.«

»Desto besser. Habe ich zuviel gelobt? Stimmen Sie nicht bei? Die soll uns nicht entgehen. Wir wandern miteinander zur Mutter. Sie spielen den Menschenfreund. Die Armut der Witwe ist Ihnen bekannt geworden. Sie mögen keine Notleidende sehen. Sie erkundigen sich teilnehmend nach den Umständen der guten Frau, lassen ein Geschenk zurück, wiederholen die Besuche, fahren in Mildtätigkeit fort, werden mit Röschen bekannter. Das andere gibt sich. Der Gärtner-Lümmel ist halb beseitigt; der hilft vielleicht noch, wenn man ihm ein Dutzend harte Taler in die Hand drückt.«

Philipp wußte vor Grimm nicht was sagen. »Der Donner soll dreinschlagen – –« rief er.

»Wenn der Schlingel, der Gärtner, Umstände macht?« unterbrach ihn der Holländer: »O dafür lassen Sie mich sorgen. Königliche Hoheit, bekomm' ich durch Ihr Fürwort den Kammerherrnschlüssel, so gehört Ihnen das Mädchen. Den Gärtner stecke ich unter die Soldaten und schicke ihn zur Armee. Da kann er sich für das Vaterland schlagen. Unterdessen sind Sie Meister im Felde; denn das Mädchen hängt, glaube ich, doch mit bürgerlicher Steifheit dem Burschen etwas an. Es wird überhaupt nicht leicht sein, dem Mädchen die Vorurteile aus dem Kopf zu bringen, die es unter der bürgerlichen Canaille eingesogen hat. Ich will es aber schon in die Schule nehmen.«

»Ich breche Ihnen den Hals dafür.«

»Allzu gütig. Nur Ihre Verwendung beim König, und der Kammerherrnschlüssel ...«

»Herr, ich wollte, ich könnte Sie auf der Stelle ...«

»O sagen Sie mir keine Schmeicheleien, gnädigster Herr! Sie wissen, jeden Augenblick ist mir das Leben für Sie feil. Hätte ich geahnt, daß Ihnen das süße Geschöpf bekannt, daß es Ihnen nicht gleichgültig wäre, es läge längst schon in Ihren Armen.«

»Kein Wort mehr davon!« rief Philipp grimmig, so grimmig er mit gedämpfter Stimme an diesem Orte und in der Nähe der tanzenden, lärmenden, schwärmenden und lauernden Masken rufen durfte, um sich nicht zu verraten. »Kein Wort mehr!«

»Nein, Taten!« fiel der Holländer fröhlich ein. »Schon morgen sollen die Laufgraben gegen die Festung eröffnet werden. Dann rücken Sie vor, Sie sind gewohnt, zu siegen. Mit dem lauersamen Vorposten werden wir bald fertig. Den Gärtner nehme ich auf mich; das Mütterlein geht zu Ihren goldenen Fahnen über. Dann Sturmschritt!«

Philipp konnte sich kaum mehr mäßigen. Er packte mit seiner Faust den Arm des Holländers und sagte: »Herr, wenn Sie sich unterstehen –«

»Um Gottes willen, gnädigster Herr, mäßigen Sie sich in Ihrer Freude. Ich muß laut aufschreien. Sie zerquetschen mir den Arm.«

»Wenn Sie sich unterstehen,« fuhr Philipp fort, »und stellen diesem unschuldigen Mädchen nach, so zerquetsche ich Ihnen, so wahr ich lebe, alle Knochen im Leibe.«

»Gut, gut!« seufzte der Holländer in schmerzlicher Angst. »Geruhen Sie nur, mich loszulassen.«

»Finde ich Sie jemals auf das Mädchen hinschielend, nur in der Nähe des Milchgäßchens, so sind Sie ein Kind des Todes von meiner Hand. Danach richten Sie sich.«

Der Holländer stand ganz verblüfft da. »Königliche Hoheit,« sagten er zitternd, »ich konnte nicht wissen, daß Sie das herrliche Mädchen so ernsthaft liebten, wie es scheint.«

»Sehr ernsthaft, das will ich vor der ganzen Welt gestehen.«

»Und werden wieder geliebt?« »Was geht Sie das an? Reden Sie mir nie wieder davon. Denken Sie nie wieder an das Mädchen; Ihr Gedanke schon besudelt. – Nun wissen Sie meine Meinung. Packen Sie sich.«

Mit diesen Worten wandte ihm Philipp den Rücken, und der Holländer ging, sich hinter den Ohren kratzend, davon.

8.

Unterdessen hatten auch Philipps Substitut, als Nachtwächter, auf den Straßen der Stadt seine Rolle gespielt. Es ist wohl nicht nötig, erst zu sagen, was jeder von selbst weiß, daß dies kein anderer als Prinz *Julian* war, der, des süßen Weines voll, auf den Einfall gekommen war, in die Nachtwächterei hineinzupfuschen. – Sobald er den Philipp verlassen hatte, rief und blies er von Straßenecke zu Straßenecke die Stunden nach Herzenslust, machte zu seinem Gesang allerlei komische Zusätze und bekümmerte sich wenig um das vorgeschriebene Revier, das er zu behüten und zu beblasen hatte.

Indem er auf einen neuen Vers sann, ging seitwärts eine Haustür auf, ein wohlgekleidetes Mädchen trat hervor und winkte mit einem lockenden: Bst! bst! Dann zog es sich in die Dunkelheit des Hausgangs zurück.

Der Prinz ließ seine Verse fahren und folgte der angenehmen Erscheinung. In der Finsternis ergriff ihn eine zarte Hand, und eine weiche Stimme lispelte: »Guten Abend, lieber Philipp! Sprich leise, daß uns niemand hört. Ich bin nur auf ein Augenblickchen von der Gesellschaft weggeschlichen, dich im Vorbeigehen zu grüßen. Bist du vergnügt?«

»Wie ein Gott vergnügt, du Engel!« sagte Julian. »Wer könnte bei dir auch traurig sein?«

»Philipp, ich habe dir etwas Gutes zu sagen. Du sollst morgen abend bei uns essen. Die Mutter hat es erlaubt. Kommst du auch?«

»Alle Abend, alle Abend!« rief Julian, »und so lange du willst. Ich wollte, du könntest beständig bei mir sein, oder ich bei dir, bis an der Welt Ende. Das wäre ein Götterleben!«

»Höre, Philipp, in einer halben Stunde bin ich bei der Gregorienkirche. Da erwarte ich dich. Du fehlst doch nicht? Laß mich nicht lange warten. Dann machen wir noch, einen Gang durch die Stadt. Nun geh, damit uns niemand überrascht.« Sie wollte gehen. Julian aber zog sie zurück in seinen Arm. »Willst du mich so kalt von dir scheiden lassen?« fragte er und drückte seinen Mund auf ihre Lippen.

Röschen wußte nicht, was zu Philipps Keckheit sagen. Denn Philipp war immer so bescheiden und zärtlich gewesen, daß er höchstens einen Kuß auf ihre Hand gewagt hatte, ausgenommen einmal, da ihnen beiden die Mutter allen und jeden Umgang hatte verbieten wollen. Damals war von ihnen im Gefühl der höchsten Liebe und des höchsten Schmerzes der erste Kuß gewechselt worden; seitdem nie wieder. Röschen sträubte sich: aber der vermeinte Philipp war so ungestüm, daß man, um kein verräterisches Geräusch, zu machen, wohl das Sträuben aufgeben mußte. Sie vergalt den Kuß und sagte: »Philipp, nun geh!«

Er aber ging nicht, sondern sagte: »Da wäre ich wohl ein Narr. Meinst du, ich hätte mein Nachtwächterhorn lieber als dich? Mit nichten, du Herzchen.«

»Ach,« seufzte Röschen, »es ist aber doch nicht recht.«

»Warum denn nicht, du Närrchen? Ist denn das Küssen in deinen zehn Geboten untersagt?«

»Ja,« versetzte Röschen, »wenn wir uns einander haben dürften, dann war' es etwas anderes.«

»Haben? Wenn es nichts anderes ist, alle Tage kannst du mich haben, wenn du willst.« »Ach, Philipp, wie sprichst du auch heute – so wunderlich! Wir können ja daran noch nicht denken.«

»Wahrhaftig, ich denke aber gar ernstlich daran. Wenn du nur willst.«

»Philipp, hast du ein Räuschchen? Ob ich will? Geh, du beleidigst mich. – Höre, Philipp, mir hat die letzte Nacht von dir geträumt.«

»War's was Schönes?«

»Du habest in der Lotterie gewonnen, Philipp. Da hatten wir beide Jubel. Du hattest dir einen prächtigen Garten gekauft. Kein schönerer Garten ist in und außer der Stadt. Alles hatten wir da vollauf; Blumen an Blumen, wie ein Paradies, und große Beete voll des feinsten Gemüses, und die Bäume hingen schwer von Obst. Ich ward beim Erwachen recht traurig, daß mich der Traum nur geneckt hatte. Sage mir, Philipp, Hast du etwa in die Lotterie gesetzt? Haft du etwas gewonnen? Heute war ja Ziehung.«

»Wenn ich, bei dir, du schönes Kind, das große Los gewänne, wer weiß, was geschähe? Wieviel müßte ich dann gewinnen für dich?«

»Wenn du auch nur so glücklich wärst, tausend Gulden zu gewinnen. Dann könntest du schon einen artigen Garten laufen.«

»Tausend Gulden? Und wenn es mehr wäre?«

»O Philipp, was sagst du? Ist's wahr? Nein, betrüge mich nicht, wie mein Traum! Du hast gesetzt, du hast gewonnen. Gesteh' es nur!«

»Soviel du willst.«

»O Gott!« rief Röschen und fiel ihm freudetrunken um den Hals und küßte ihn mit glühender Freude: »Mehr als tausend Gulden? Wird man dir auch das viele Geld wohl geben?«

Unter ihren Küssen vergaß der Prinz das Antworten. Es ward ihm ganz wunderbar, die zarte, edle Gestalt in seinen Armen zu halten, deren Liebkosungen ihm doch nicht galten, und die er doch so gern für seine Rechnung genommen hätte.

»Antworte doch, antworte doch!« rief Röschen ungeduldig: »Wird man dir auch die Menge Geldes geben wollen?«

»Ich hab' es schon: und macht dir's Freude, so geb' ich's dir.«

»Wie, Philipp, du trägst es mit dir?«

Der Prinz nahm seine Börse hervor, die er, schwer von Gold, zu sich gesteckt hatte, um sie beim Spieltische anzuwenden. »Nimm und wäge, Mädchen!« sagte er und legte sie, indem er die kleinen, zarten Lippen küßte, in Röschens Hand. »Bleibst du mir dafür hold?«

»Nein, Philipp, wahrlich für dein vieles Geld nicht, wenn du nicht mein Philipp wärst.«

»Und wie, zum Beispiel, wenn ich dir noch einmal soviel geben würde und nicht dein Philipp wäre?«

»So würf' ich dir deine Schätze vor die Füße und machte dir einen höflichen Knix!« sagte Röschen.

Indem ging eine Tür droben auf; man hörte Mädchenstimmen und Gelächter. Der Schimmer eines Lichtes fiel oben auf die Treppe.

Röschen erschrak und flüsterte: »In einer halben Stunde bei der Gregorienkirche!« und sprang davon, die Treppe hinauf. Der Prinz stand wieder im Finstern. Er ging zum Hause hinaus und betrachtete das Gebäude und die erleuchteten Fenster. Die plötzliche Trennung war ihm natürlich sehr unzeitig geschehen. Zwar die Geldbörse gereute ihn nicht, mit der das Mädchen davongeflogen war: Wohl aber, daß er das Gesicht der unbekannten Schönen nicht beim Lichte gesehen hatte; daß er nicht einmal ihren Namen wußte, und noch weniger, ob sie aus der Drohung, ihm das Geld vor die Füße zu werfen, Ernst machen würde, wenn er ihr in seiner wahren Gestalt erschiene. Inzwischen vertröstete er sich auf das Finde-mich bei der Gregorienkirche. Eben dies Plätzchen hatte ihm auch der Nachtwächter angewiesen. Julian verstand bald, daß er sein glückliches Abenteuer nur diesem, doch ohne dessen Willen, zu danken hatte.

9.

Sei es, daß der Geist des Weins durch die wachsende Kälte der Neujahrsnacht oder durch Röschens Täuschung in seiner Wirkung gesteigert ward; der Mutwille des fürstlichen Nachtwächters nahm überhand.

Mitten in einem Haufen von Spaziergängern blieb er an einer Straßenecke stehen und stieß mit solcher Kraft ins Horn, daß alle Frauenzimmer mit lautem Schrei zurücksprangen und die Männer vor Schrecken steif wurden. Dann rief Julian die Stunde an und sang dazu:

> Der Handel uns'rer lieben Stadt
> Gewaltig, abgenommen hat.
> Selbst uns're Mädchen, weiß und braun,
> Sucht man nicht mehr zu Ehefrau'n.
> Die Ware putzt sich, wie sie kann,
> Und bringt sich doch nicht an den Mann.

»Das ist doch unverschämt!« riefen einige weibliche Stimmen im Haufen, »uns mit Waren zu vergleichen!« Von den anwesenden Männern aber lachten viele aus vollem Halse. »Da capo!« schrien einige lustige Brüder. »Bravo, Nachtwächter!« schrien andere. »Was unterstehst du dich, Kerl, unsere Frauenzimmer auf öffentlicher Straße zu beleidigen?« schnob ein junger Leutnant, der ein hübsches Mädchen am Arm führte, den Nachtwächter an.

»Herr Leutnant, der Nachtwächter singt leider Gottes die Wahrheit!« entgegnete ihm ein junger Müller. »Und gerade das Weibsbild, das Sie am Arm führen, bestätigt die Wahrheit. He, Jungferchen, kennst du mich? Weißt du, wer ich bin? He? Geziemt sich das für eine verlobte Braut, des Nachts mit anderen Männern herumzuschwärmen? Morgen sag' ich's deiner Mutter. Ich will nichts mehr mit dir zu schaffen haben!«

Das Mädchen verhüllte sich das Gesicht und zupfte am Arm des Offiziers, um davon zu kommen. Der Leutnant wollte aber, ein Kriegsheld, vor dem Müller nicht so leicht Reißaus nehmen und mit Ehren das Feld behaupten. Er stieß eine Menge Flüche aus, und da dieser kein Wort schuldig blieb, schwang er den Stock. Plötzlich aber erhoben sich zwei dicke spanische Rohre, von bürgerlichen Fäusten geführt, warnend über dem Haupte des Leutnants.

»Herr!« rief ein breitschulteriger Bierbrauer dem Kriegsmanne zu: »Hier keine Händel wegen des schlechten Mädchens angefangen. Ich kenne den Müller; er ist ein braver Mann. Er hat recht; und der Nachtwächter hat recht, so wahr ich lebe! Ein ehrlicher Bürgersmann und Professionist kann und mag kaum noch ein Mädchen aus unserer Stadt zur Frau nehmen. Die Weibsbilder wollen sich alle über ihren Stand erheben; statt Strümpfe zu stopfen, lesen sie Romane; statt Küche und Keller zu besorgen laufen sie in Komödien und Konzerte. Im Hause bei ihnen ist Unflat, und auf den Gassen gehen sie geputzt einher wie Prinzessinnen. Da bringen sie dem Manne keine Mitgift ins Haus, als ein paar schöne Röcke, Spitzen und Bänder und Liebschaften, Romane und Faulheit. Herr, ich spreche aus Erfahrung. Wären unsere Bürgerstöchter nicht so verderbt, ich wäre langst verheiratet.«

Alle Umstehenden erhoben ein gellendes Gelächter. Der Leutnant streckte langsam das Gewehr vor den beiden spanischen Rohren und sagte verdrießlich: »Das fehlte auch noch, hier von dem bürgerlichen Pack Bußpredigten zu hören!«

»Was, bürgerliches Pack?« rief ein Nagelschmied, der das zweite spanische Rohr führte: »Ihr adeligen Müßiggänger, die wir euch mit unsern Steuern und Abgaben füttern müssen, wollt ihr von bürgerlichem Pack sprechen? Eure Liederlichkeit ist an allem Unglück im unseren Haushaltungen schuld. Es blieben nicht halb soviel ehrliche Mädchen sitzen, wenn ihr hättet beten und arbeiten gelernt.«

Nun sprangen mehrere junge Offiziere dazu; aber auch Meister und Handwerksburschen sammelten sich. Buben machten Schneebälle und ließen davon in den dicksten Haufen fliegen, um auch ihre Freude dabei zu haben. Die erste Kugel traf den vornehmen Leutnant auf die Nase. Dieser hielt es für den Angriff des bürgerlichen Packs und erhob abermals den Stock. Das Treffen begann.

Der Prinz, welcher nur den Anfang des Wortwechsels gehört hatte, war längst wohlgemut und lachend davongezogen in eine andere Straße, unbekümmert um die Folgen seines Gesanges. Er kam an den Palast des Finanzministers Bodenlos. Mit diesem Herrn stand er nicht im besten Vernehmen, wie das schon Philipp erfahren hatte. Julian sah alle Fenster erleuchtet. Die Gemahlin des Ministers hatte große Gesellschaft. Julian in seiner satirischen Poetenlaune pflanzte sich dem Paläste gegenüber hin und blies kräftig in sein Horn. Einige Herren und Damen öffneten, vielleicht weil sie eben nichts Besseres zu tun hatten, das Fenster, neugierig, den Nachtwächter zu hören.

»Nachtwächter!« rief einer von den Herren herab, »sing' auch ein hübsches Stück zum Neujahr.« Dieser Zuruf lockte noch mehrere von der Gesellschaft der Frau Ministerin an die Fenster.

Julian, nachdem er gewohntermaßen die Stunde gerufen, sang mit lauter Stimme gar vernehmlich:

Ihr, die ihr seufzt in Schuldennot
Und ohne Witz zum Bankerott,
Fleht, daß der Herr in dieser Nacht
Euch zum Finanzminister macht,
Der ohne Finanzen läßt das Land,
Weil er sie behält in seiner Hand.

»Das ist ja zum Ohnmächtigwerden!« rief die Frau Ministerin, die ebenfalls zu einem der Fenster getreten war: »Wer ist denn der niederträchtige Mensch, der sich dergleichen erfrecht?«

»Frau Exzellenz!« antwortete Julian mit verstellter Stimme, indem er den jüdischen Dialekt annahm, »ich wollte Ihnen doch ein kleines Vergnügen machen. Halten zu Gnaden, ich bin nur der Hofjude Abraham Levi; Frau Exzellenz kennen mich doch schon.«

»Weh mir!« schrie eine Stimme oben am Fenster. »Ehrvergessener Kerl, wie willst du sein Abraham Levi? Bin ich nicht selber Abraham Levi? Du bist ein Betrüger!«

»Ruft die Wache!« rief die Frau Ministerin. »Laßt den Menschen arretieren!«

Bei diesen Worten verließen alle Gäste in großer Behendigkeit die Fenster. Aber auch der Prinz blieb nicht stehen, sondern nahm im Doppelschritt den Weg durch einige kleine Quergassen.

Ein Schwarm Bedienter, begleitet von einigen Finanzsekretären, stürzte aus dem Palaste hervor und jagte umher, den Lästerer zu suchen. Plötzlich riefen einige laut: »Wir haben ihn!« die andern eilten dem Rufe nach. Wirklich hatten sie den Nachtwächter des Reviers gefunden, der in großer Unschuld auf dem Wege seines Berufs dahintrabte. Er ward umringt, übermannt und, wie sehr er sich auch sträubte, wegen seiner sarkastischen Einfälle auf die Hauptwache geschleppt.

Der wachthabende Offizier schüttelte verwundert den Kopf und sagte: »Man hat mir schon einen Nachtwächter zugeführt, der durch Verse, die er auf die Mädchen der Residenz abgerufen, eine fatale Schlägerei zwischen Offizieren und Bürgerlichen verursacht hat.«

Der neueingebrachte Gefangene wollte durchaus nichts gestehen und lärmte gewaltig, daß ein Haufe junger Leute, die wahrscheinlich zuviel getrunken haben mochten, ihn in der Ausübung des ihm anvertrauten Amtes gestört hätten. Einer der Finanzsekretäre sagte ihm aber den ganzen Vers vor, der den gerechten Zorn der Frau Ministerin und aller ihrer Gäste erregt hatte. Sämtliche Soldaten brachen in ein erschütterndes Lachen aus. Der ehrliche Nachtwächter aber schwor mit Tränen, ihm sei so etwas nie in den Sinn gestiegen.

Während man noch mit diesem Verhör beschäftigt war, der Nachtwächter seine Unschuld beteuerte, die jungen Herren für alle Folgen ihres Betragens verantwortlich machte und die Finanzsekretäre in der Tat schon anfingen, zweifelhaft zu werden, ob sie auch den rechten Mann ergriffen hätten, rief die Schildwache draußen: »Wacht heraus, ins Gewehr!«

Die Soldaten sprangen davon. Die Finanzsekretäre fuhren fort, den Nachtwächter mit Fragen zu bestürmen. Indem trat der Feldmarschall in die Wachtstube, begleitet vom wachthabenden Hauptmann.

»Lassen Sie mir den Kerl da krummschließen!« rief der Feldmarschall und zeigte mit der Hand hinter sich. Zwei Offiziere traten herein, die einen entwaffneten Nachtwächter bei den Armen führten.

»Sind denn die Nachtwächter alle toll geworden?« rief der wachthabende Hauptmann ganz erstaunt aus.

»Ich will dem Bösewicht morgen seine infamen Verse bezahlen!« schrie der Feldmarschall.

»Ihre Exzellenz,« versetzte der neugefangene Wächter zitternd und bebend, »ich habe, weiß der Himmel, keine Verse gemacht, in meinem ganzen Leben keinen Vers!«

»Schweig, Schurke!« brüllte mit entsetzlicher Stimme der Feldmarschall. »Du sollst mir auf die Festung oder an den Galgen, und widersprichst du mit einem Muck noch, so haue ich dich auf der Stelle in Krautstücke!«

Der wachthabende Hauptmann bemerkte dem Marschall in aller Ehrerbietung: es müsse eine poetische Epidemie unter den Nachtwächtern in der Stadt ausgebrochen sein; denn er habe nun schon drei ihrer Patrone in einer Viertelstunde zu hüten bekommen.

»Meine Herren,« sagte der Feldmarschall zu den ihn begleitenden Offizieren, »da der Kerl schlechterdings nicht eingestehen will, daß er den Vers gesungen habe, so besinnen Sie sich auf das Pasquill, ehe Sie es vergessen. Schreiben Sie es auf. Morgen wollen wir ihn schon zum Geständnis bringen. Jetzt will ich keine Zeit verlieren und auf den Ball. Wer weiß es noch?«

Die Offiziere besannen sich. Einer half dem andern nach. Der Wachthabende schrieb, und da kam folgendes heraus:

> Der Federbusch auf leerem Kopf,
> Im Nacken einen steifen Zopf,
> Den Bauch zurück, die Brust heraus,
> Das macht des Heeres Stärke aus.
> Man wird bei Tanz und Geigenschall,
> Bei Kuß und Spiele Feldmarschall.

»Willst du leugnen, Schurke?« fuhr der Feldmarschall den erschrockenen Nachtwächter mit erneuter Wut an: »Willst du leugnen, daß du das gesungen hast, als ich aus der Tür meines Hauses trat?«

»Mag es gesungen haben, wer will, ich weiß nichts davon!« antwortete der Nachtwächter.

»Warum liefest du denn davon, als du mich vortreten sahst?« fragte der Marschall weiter.

»Ich bin nicht gelaufen.«

»Was?« riefen die beiden Offiziere, »du nicht gelaufen? Warst du nicht außer Atem, als wir dich am Markt hier endlich einholten?«

»Ja, ich war vor Schrecken außer mir, daß mich die Herren so gewalttätig überfielen. Es liegt mir noch jetzt in allen Gliedern.«

»Schließen Sie den hartnäckigen Hund krumm!« rief der Marschall dem Wachthabenden zu. »Er hat bis morgen Zeit genug, sich zu besinnen.« Mit diesen Worten eilte der Marschall hinweg.

Der Lärm auf den Gassen und die Spottgedichte der Nachtwächter hatten die ganze Polizei in Bewegung gesetzt. Noch in derselben Viertelstunde wurden zwei andere Nachtwächter, freilich nicht die rechten, ergriffen und zur Hauptwache geführt. Der eine sollte auf den Minister der auswärtigen Angelegenheiten ein schmähliches Lied gesungen haben, des Inhalts: der Minister wäre nirgends auswärtiger als im seinem Departement. Der andere war beschuldigt, vor dem bischöflichen Palaste gesungen zu haben: es fehle den Kirchenlichtern nicht an Talg, aber sie verbreiteten im Lande mehr Qualm und Rauch als Helligkeit.

Der Prinz, welcher durch seinen Mutwillen allen Nachtwächtern der Residenz so schlimmes Spiel machte, entschlüpfte überall glücklich und ward eben darum von Gasse zu Gasse kecker. Die Sache machte Geräusch. Man hatte sogar dem Polizeiminister, der beim König am Spieltische saß, von der poetischen Insurrektion der ehemals so friedlichen Nachtwächter rapportiert und zum Beweis einen der Spottverse schriftlich überbracht. Der König hörte den Vers an, der gegen die schlechte Polizei selbst gerichtet war, die ihre Spürnase in alle Familiengeheimnisse der Stadt stecke, und doch im eigenen Hause nichts rieche, daher ihr wohl eine Prise zu gönnen sei. Der König lachte laut auf und befahl, ihm einen der nachtwächterlichen Poeten einzufangen und herzubringen. Er stand vom Spieltische auf, denn er sah, der Polizeiminister hatte die gute Laune verloren.

10.

Im Tanzsaale neben dem Spielzimmer hatte Philipp, der gefürstete Nachtwächter, soeben von seiner Sackuhr vernommen, daß es Zeit sei, sich zum Finde-mich bei der Gregorienkirche einzustellen. Er selbst war froh, seinen Purpurtalar und Federhut an den Substituten zurückzugeben, denn ihm ward unter der vornehmen Maske nicht gar wohl zumute.

Wie er eben die Tür suchte, um sich davonzuschleichen, kam ihm der Neger nachgetreten und zischelte ihm zu: »Königliche Hoheit, Herzog Hermann sucht sie allenthalben!« – Philipp schüttelte ärgerlich den Kopf und ging hinaus; ihm nach der Neger. Wie sie beide in das Vorzimmer traten, flüsterte der Neger: »Bei Gott, da kommt der Herzog!« und mit den Worten machte sich der Schwarze wieder eilfertig in den Saal zurück.

Eine hohe, lange Maske trat mit schnellen Schritten gegen Philipp aus und rief: »Halten Sie einen Augenblick; ich habe mit Ihnen ein Wörtchen abzutun. Ich suche Sie schon lange.«

»Nur geschwind,« entgegnete Philipp, »denn ich habe keine Zeit zu verlieren.«

»Ich wollte, ich müßte keine mit Ihnen verlieren. Ich habe Sie lange genug gesucht. Sie sind mir Genugtuung schuldig. Sie haben mir blutige Beleidigung zugefügt.«

»Daß ich nicht wüßte.«

»Sie kennen mich nicht?« rief der Herzog und zog die Larve ab: »Nun wissen Sie, wer ich bin, und Ihr böses Gewissen muß Ihnen das übrige sagen. Ich fordere Genugtuung. Sie und der verfluchte Salmoni haben mich betrogen.«

»Davon weiß ich nichts!« antwortete Philipp.

»Sie haben die schändliche Geschichte im Keller des Bäckermädchens angestellt. Auf Ihr Anstiften hat sich der Oberst Kalt an meiner Person vergriffen.«

»Kein wahres Wort.« »Wie, kein wahres Wort? Sie leugnen? – Die Marschallin Blankenschwerd hat mir erst vor wenigen Minuten alles entdeckt. Sie war Augenzeugin bei der Geisterkomödie, die Sie mit mir spielten.«

»Sie hat Ihrer Durchlaucht ein Märchen aufgebunden. Ich habe an Ihren Händeln keinen Teil gehabt. Wenn Sie Geisterkomödien mit sich spielen ließen, war es Ihre Schuld.«

»Ich frage Sie, ob Sie mir Genugtuung geben wollen? Wo nicht, so mache ich Lärm. Folgen Sie mir auf der Stelle zum König. Entweder Sie schlagen sich mit mir, oder – zum König«

»Ihre Durchlaucht ...«. stotterte Philipp verlegen: »Ich habe weder Lust, mich mit Ihnen zu schlagen, noch zum König zu gehen.«

Das war Philipps voller Ernst, denn er fürchtete, die Larve abziehen zu müssen und in empfindliche Strafe wegen der Rolle zu fallen, die er wider seine Absicht hatte spielen müssen. Er machte daher gegen den Herzog allerlei Ausflüchte und sah nur immer nach der Tür, um irgend einmal den Augenblick erwischen und davonspringen zu können. Der Herzog hingegen bemerkte die Aengstlichkeit des vermeintlichen Prinzen und ward dadurch mutiger. Er nahm zuletzt den armen Philipp beim Arm und wollte ihn zum Saal führen.

»Was wollen Sie von mir?« rief Philipp in Verzweiflung und schleuderte den Herzog zurück.

»Zum König!« antwortete der Herzog wütend. »Er soll hören, wie schändlich man an seinem Hofe einem fürstlichen Gast begegnet.«

»Gut!« sagte Philipp, der sich nicht mehr zu helfen wußte, als wenn er den Charakter des Prinzen wieder annähme, »so kommen Sie – ich bin bereit. Zum Glück habe ich den Zettel bei mir, auf welchem Sie dem Bäckermädchen eigenhändig die Versicherung ausstellten ...«

»Possen! Larifari!« erwiderte der Herzog. »Das war einer von den Späßen, den man wohl mit einem dummen Bürgermädchen treibt. Zeigen Sie ihn nur dem König. Ich werde mich darüber ausweisen.«

Indessen schien es doch dem Herzog mit den Ausweisen nicht gar Ernst zu sein. Er drang gar nicht weiter darauf, Philipp zum König zu führen, und das war dem Philipp schon recht – desto ungestümer bestand der Herzog darauf, daß sie beide in den Wagen sitzen und, der Himmel weiß wohin, fahren wollten, um die Ehrensache mit Pistolen und Säbeln abzutun. Das war nun dem bedrängten Philipp gar nicht gelegen. Er stellte dem Herzog alle bösen Folgen dieses Schrittes vor. Jener aber in seinem Grimme ließ sich durch nichts in seinem Verlangen abwendig machen; versicherte, er habe schon Fürsorge für alles getroffen und werde nach Beendigung ihres Geschäfts noch in der Nacht abreisen.

»Wenn Sie nicht,« fuhr der Herzog fort, »der feigste Mensch in Ihrem Lande sind, so folgen Sie mir zum Wagen, Prinz.«

»Ich bin kein Prinz!« antwortete Philipp, der sich zum Aeußersten getrieben sah.

»Sie sind es. Jeder hat Sie hier auf dem Balle erkannt. Ich kenne Sie am Hut. Sie hintergehen mich nicht.

Philipp zog die Larve ab, zeigte dem Herzog sein Gesicht und sprach: »Nun? Bin ich der Prinz?«

Herzog Hermann, wie er das wildfremde Gesicht erblickte, prallte zurück und stand wie versteinert. Seine geheimste Angelegenheit einem Unbekannten verraten zu haben, vermehrte seine Bestürzung und Verlegenheit. Ehe er sich noch aus dieser sammeln konnte, hatte Philipp schon die Tür in der Hand, und weg war er.

11.

Sobald sich Philipp im Freien befand, nahm er blitzschnell Hut und Seidenmantel ab, wickelte jenen in diesen, und so, beides unter dem Arm, sprang er die Gasse entlang, der Gregorienkirche zu.

Da stand Röschen schon in einem Winkel neben der hohen Kirchenpforte und harrte sein. »Ach, Philipp, lieber Philipp!« sagte sie zu ihm, sobald sie ihn erkannte, und drückte seine Hand: »Welche Freude hast du mir doch gemacht! O wie glücklich sind wir! Sieh, ich habe keine Ruhe mehr bei meinen Freundinnen gehabt. Gottlob, daß du da bist. Schon seit beinahe einer Viertelstunde stehe ich hier und friere. Aber ich denke vor Freuden gar nicht an die Kälte, die ich leide.«

»– Und ich, liebes Röschen, danke Gott auch, daß ich wieder bei dir bin. Hole der Geier all den Schnickschnack der großen Herren. Nun, ich erzähle dir schon ein andermal von den tollen Auftritten die ich gehabt habe. Sage mir, Herzenskind, wie geht es dir auch? Hast du mich noch ein wenig lieb?«

»Ei, du bist nun ein großer Herr geworden, Philipp, und da ist's wohl an mir zu fragen, ob du mich noch ein wenig lieb hast?

»– Wetter, woher weißt du denn schon, daß ich ein großer Herr war?«

»Du hast es mir ja selber gesagt. Philipp, Philipp, wenn du nur nicht stolz wirst, nun du so entsetzlich reich bist. Ich bin ein armes Mädchen, und nun freilich zu schlecht für dich. Aber, Philipp, ich habe schon bei mir gedacht, wenn du mich verlassen könntest, sieh', ich wollte lieber, du wärest ein Gärtner geblieben. Ich würde mich zu Tode grämen, wenn du mich verlassen könntest.«

»– Röschen, sage mir, was schwatzest du auch da? Ich bin eine halbe Stunde Prinz gewesen, und es war doch nur Spaß – aber in meinem Leben mache ich solchen Spaß nicht wieder. Nun bin ich wieder Nachtwächter, und so arm wie vorher. Ich habe da wohl noch fünftausend Gulden bei mir, die ich von einem Mameluken bekommen – die könnten uns beiden aus der Not helfen – aber leider, sie gehören mir nicht«.

»Du sprichst wunderlich, Philipp!« sagte Röschen, und gab ihm die schwere Geldbörse, die sie vom Prinzen erhalten hatte: »Da, nimm dein Geld wieder. Es wird mir doch im Strickbeutel fast zu schwer.«

»– Was soll ich mit dem vielen Gelde? Woher hast du das, Röschen?«

»Du hast es ja in der Lotterie gewonnen, Philipp.«

»– Was? Hab' ich gewonnen? Und man hat mir doch auf dem Rathause gesagt, meine Nummern wären nicht herausgekommen! Sieh, ich habe gesetzt, und gehofft, es könnte eine Terne für uns zur Aussteuer geben. Aber der Gärtner Rothmann sagte mir, als ich den Nachmittag zu spät auf das Rathaus kam: »Armer Philipp, keine Nummer!« – Juchhe, also doch gewonnen! Jetzt kauf' ich den größten Garten, und du bist meine Frau. Wieviel ist's denn geworden?«

»Philipp, hast du dir ein Räuschchen in der Neujahrsnacht getrunken? Du mußt besser wissen, wieviel es ist. Ich habe bei meinen Freundinnen nur unter dem Tische heimlich in die Börse hineingeschielt, und bin recht erschrocken, als ich ein Goldstück neben dem andren blitzen sah. Da dachte ich: nun wundert's mich nicht, daß der Philipp so unbändig war. Ja, recht unbändig bist du gewesen. Aber es war dir ja nicht zu verargen. Ich möchte dir selber um den Hals fallen und mich recht satt weinen vor Freuden.«

»– Röschen, wenn du fallen willst, ich mag es wohl leiden. Aber hier ist ein Mißverständnis. Wer hat dir das Geld gebracht und gesagt, es sei mein Lotterielos? Ich habe ja das Los noch zu Hause im Kasten, und kein Mensch hat es mir abgefordert.«

»Philipp, treib' keine Possen. Du hast's mir vor einer halben Stunde selber gesagt und mir selber das Geld gegeben.«

»– Röschen, besinne dich. Diesen Morgen sah ich dich beim Weggehen aus der Messe, da wir miteinander unser Zusammenfinden für diese Nacht verabredeten. Seitdem sahen wir ja einander nicht. »Außer vor einer halben Stunde, da ich dich blasen hörte und ich dich zu Steinmanns ins Haus hereinrief. Aber was trägst du denn unter dein Arm für ein Bündelchen? Warum gehst du bei der kalten Nacht ohne Hut? – Philipp, Philipp! nimm dich wohl in acht. Das viele Geld könnte dich leichtsinnig machen. Du hast gewiß in einem

Wirtshause gesessen und hast dir mehr zugute getan, als du solltest. Gelt, was hast du da für ein Bündelchen? Mein Himmel, das sind ja wohl Frauenzimmerkleider von Seiden? Philipp, Philipp, wo bist du gewesen?«

»– Gewiß vor einer halben Stunde nicht bei dir. Du willst dich, glaub' ich, über mich lustig machen? Antworte mir, woher hast du das Geld?«

»Antworte mir erst, Philip, woher hast du diese Frauenzimmerkleider? Wo bist du gewesen?«

Da beide ungeduldig waren, Antwort zu hören und keine Antwort gaben, fingen sie an, aneinander etwas mißtrauisch zu werden und zu zänkeln.

12.

Wie es gewöhnlich in solchen Rechtshändeln geht, wo ein liebendes Pärchen miteinander streitet, ging es auch hier. Sobald Röschen das weiße Schnupftuch hervornahm und ihre Augen trocknete und das Köpfchen wegwandte, und ein Seufzer um den andern aus der Tiefe der Brust hervorzitterte, hatte *sie* offenbares Recht und er offenbares Unrecht. Und er gestand sein Unrecht, indem er sie tröstete und bekannte: er sei auf einem Maskenball gewesen, und was er unter dem Arm trage, sei kein weibliches Gewand, sondern ein Seidenmantel nebst Larve und Federhut.

Nach diesem reumütigen Geständnis aber begann erst das strengste Verhör über ihn. Ein Maskenball, das weiß jedes Mädchen in einer großen Stadt, ist für unverwahrte Herzen ein gefährlicher Irrgarten und Kampfplatz. Man stürzt sich in ein Meer anmutiger Gefahren und geht manchmal darin unter, wenn man kein guter Schwimmer ist. Röschen hielt ihren Freund Philipp aber gerade nicht für den besten Schwimmer; es ist schwer zu sagen, warum? Also mußte er zuerst erklären, ob er getanzt habe. Auf das Verneinen hin fragte sie, ob er keine Abenteuer und Händel mit weiblichen Masken gehabt habe? Das ließ sich nicht verneinen. Er bekannte allerlei; doch setzte er jedesmal hinzu, die Frauenzimmer wären insgesamt von vornehmer Abkunft gewesen und hätten ihn für einen anderen gehalten. Röschen wollte zwar ein wenig zweifeln; doch unterdrückte sie den Argwohn. Als er aber auf ihre Frage: für wen man ihn gehalten habe und von wem er seine Maske geliehen? immer den Prinzen Julian nannte, schüttelte sie doch das ungläubige Köpfchen; und noch unwahrscheinlicher war ihr sein Geschichtchen, daß der Prinz Nachtwächterdienste getan, während Philipp auf dem Balle gewesen. Er aber vernichtete alle ihre Zweifel mit der Versicherung, der Prinz – denn dafür halte er seinen Substituten – werde, laut Abrede, in wenigen Augenblicken bei der Gregorienkirche erscheinen und die schöne Maske für den Nachtwächtermantel eintauschen.

Nun ging dem erschrockenen Röschen über ihr Abenteuer im dunklen Hausgang ein Licht auf. War es ihr doch damals schon aufgefallen, daß der vermeinte Philipp so etwas Fremdartiges in seinem Wesen gehabt hatte. Da nun die Reihe an sie kam, alles haarklein zu beichten, wie sie zu dem Gelde für das Lotterielos gelangt wäre, stotterte sie lange und suchte nach Worten herum, daß dem Philipp ganz bange ward.

Sie erzählte endlich alles, was vorgefallen war; aber wie es zum Kuß und Gegenkuß kam, stockte sie wieder mit der Sprache. Doch mußte es heraus.

»Es ist nicht wahr!« rief Philipp: »Ich habe dir keinen Kuß gegeben und von dir keinen empfangen.« »So hat es dir doch gegolten« sagte Röschen leise und schmeichelnd. Philipp rieb sich die blonden Haare auf dem Wirbel herum, damit sie nicht zu Berge stehen sollten.

»Höre, Philipp, bist du es nicht gewesen,« sagte Röschen, ängstlich, »so glaube ich dir alles Unglaubliche, das du mir gesagt hast – so ist es Prinz Julian in deinen Kleidern gewesen.«

Das hatte Philipp schon lange geahnt, und er rief: »Der Spitzbube! Er hat mich um deine Küsse bestohlen. Nun begreif' ich! Nur darum gab er mir seine Maske, nur darum wollte er auf eine halbe Stunde Ich sein!« – Und nun fiel ihm die Maske ein, die ihm von der Opernsängerin Rollina, dann von Röschen erzählt hatte, und er erneuerte sein Verhör strenger als vorher: ob und wie sie den Prinzen vorher gesehen? ob ihr nicht ein Mann aufgefallen sei, ein vornehmer Herr, der ihr beim Kirchengehen nachgeschlichen sei, oder der sich im Milchgäßchen Geschäfte gemacht habe? oder ob nie ein Herr oder sonst jemand zu ihrer Mutter gekommen sei, um sie mit Geld und Wohltaten in ihrer Verlassenheit zu unterstützen?

Röschens Antworten fielen sämtlich so beruhigend aus und trugen so sehr das Gepräge der unbefangensten Unschuld, daß Philipps Herz wieder leicht ward. Er warnte sie vor den Schleichern und vor der Barmherzigkeit der Vornehmen, und Röschen hinwieder warnte vor den Gefahren der Maskenbälle und allen Abenteuern mit Frauenzimmern hohen Standes, durch welche mancher junge Mensch schon unglückliche geworden sei. Man vergab sich alle in der Unwissenheit begangenen Sünden, und Philipp stand im Begriff, den Kuß einzufordern, der ihm bestimmt gewesen, und den er nicht empfangen hatte – als das Pärchen im besten Augenblicke durch eine fremde Erscheinung unterbrochen wurde.

Es kam in vollem Lauf und Sprung ein Mensch gegen sie gerannt, der atemlos bei ihnen stehen blieb. An Mantel, Stange, Hut und Horn erkannte Philipp auf der Stelle seinen Mann. Dieser hingegen suchte den Maskenträger. Philipp reichte ihm den Hut und Seidenmantel und sagte: »Gnädigster Herr, hier Ihre Sachen. In dieser Welt tauschen wir die Rollen nicht wieder miteinander, ich käme zu kurz dabei!«

Der Prinz rief: »Nur geschwind, nur geschwind!« warf die nachtwächterliche Amtstracht von sich in den Schnee, band die Larve und den Mantel um und setzte den Hut auf. Röschen sprang erschrocken zurück. Philipp bedeckte sich mit seinem alten Filz und Mantel und nahm Stange und Horn.

»Ich habe dir ein Trinkgeld versprochen, Kamerad,« sagte der Prinz, »aber so wahr ich lebe, ich habe meinen Geldbeutel nicht bei mir.«

»Den hab' ich!« antwortete Philipp und hielt ihm die Börse hin: »Sie gaben ihn meiner Braut da – aber, gnädigster Herr, wir verbitten uns Geschenke der Art.«

»Kamerad, behalte, was du hast, und mache dich geschwind aus dem Staube: es ist für dich hier nicht geheuer!« rief der Prinz eilig und wollte davon. Philipp hielt ihn am Mantel fest: »Gnädigster Herr, wir haben noch eins abzutun!«

»Flieh, sag ich dir, Nachtwächter! Flieh', man stellt dir nach.«

»Ich habe keine Ursache, zu fliehen, gnädigster Herr. Aber ich habe Ihnen hier Ihre Börse –«

»Die behalte. Lauf, was du kannst!«

»Und einen Wechsel des Marschall Blankenschwerd von fünftausend Gulden zuzustellen.«

»Der Hagel, wie kommst du mit dem Marschall Blankenschwerd zusammen, Nachtwächter?«

»Er sagte, es sei eine Spielschuld, die er Ihnen zu zahlen habe. Er will diese Nacht noch mit seiner Gemahlin auf seine polnischen Güter.«

»Bist du toll? Woher weißt du das? Wo gab er dir die Verrichtungen an mich?« »Gnädigster Herr, und der Finanzminister Bodenlos will bei Abraham Levi alle Ihre Schulden zahlen, wenn Sie sich für ihn beim König verwenden wollen, daß er im Ministerium bleibe.«

»Nachtwächter, du bist vom hellen Teufel besessen!«

»Ich habe ihn aber in Hochdero Namen abgewiesen!«

»Du den Minister?«

»Ja, gnädigster Herr; hingegen, habe ich die Gräfin Bonau mit dem Kammerherrn Pilzow vollkommen versöhnt.«

»Wer von uns beiden ist ein Narr?«

»Noch eins. Die Sängerin Rollina ist eine gemeine Metze, gnädigster Herr. Ich kenne deren Liebesgeschichten. Sie sind der Betrogene. Darum hielt ich es für Ihre königliche Hoheit unwürdig sich mit ihr einzulassen, und habe für diese Nacht das Abendmahl bei ihr abbestellt.«

»Die Rollina? Wie kamst du zu der?«

»Noch eins. Der Herzog Hermann ist fürchterlich gegen Sie aufgebracht wegen der Kellergeschichte. Er wollte Sie beim König verklagen.«

»Der Herzog? Wer hat dir denn das alles erzählt?«

»Er selbst. Sie sind noch nicht sicher. Zum König aber geht er nicht mehr, denn ich drohte ihm mit dem Zettel, den er dem Bäckermädchen gab. Hingegen wollte er sich mit Ihnen auf Tod und Leben schlagen. Nehmen Sie sich in acht vor ihm.«

»Eins sage mir: weißt du, woher der Herzog weiß, daß ich –«

»Er weiß alles von der Marschallin Blankenschwerd; die hat es ihm ausgeplaudert, und daß sie als Hexe bei dem Gaukelspiel gesessen.«

Der Prinz nahm den Philipp beim Arm und sagte: »Spaßvogel, du bist kein Nachtwächter!« Er drehte ihm das Gesicht gegen eine aus der Ferne herschimmernde Laterne und erschrak, da er einen ihm vollkommen fremden Menschen sah. »Bist du vom Satan besessen oder ... Wer bist du denn?« fragte Julian, der vor Schrecken ganz nüchtern geworden war.

»Ich bin der Gärtner Philipp Stark, Sohn des Nachtwächters Gottlieb Stark!« antwortete Philipp ruhig.

13.

»Nun ja, den suchen wir eben! Halt, Bursch!« riefen mehrere Stimmen, und Philipp, Röschen und der Prinz sahen sich plötzlich von sechs handfesten Dienern der löblichen Polizei umringt. Röschen tat einen lauten Schrei. Philipp ergriff des erschrockenen Mädchens Hand und sagte: »Fürchte dich nicht!« – Der Prinz klopfte dem Philip auf die Achsel und sagte: »Es ist ein dummer Streich. Ich sagte dir nicht vergebens, du sollest dich zu rechter Zeit davonmachen. Aber fürchte dich nicht; es soll dir nichts widerfahren.«

»Das wird sich hintennach ergeben!« versetzte einer der Handfesten: »Einstweilen wird er mit uns kommen.«

»Wohin?« fragte Philipp: »Ich bin in meinem Dienst,– ich bin der Nachtwächter.«

»Das haben wir schon gehört, und eben deswegen kommt Ihr mit uns.«

»Laßt ihn gehen, ihr Leute!« sagte Julian, und suchte in den Taschen nach Geld. Da er nichts fand, flüsterte er Philippen heimlich zu, ihnen aus der Börse zu geben. Die Handfesten aber rissen beide auseinander und riefen: »Fort! Hier werden keine Abreden mehr genommen. Auch die Maske ist verdächtig und muß mit uns!«

»Die nicht!« sagte Philipp: »Ihr wollt den Nachtwächter; der bin ich. Könnet ihr verantworten, mich aus meinen Berufsgeschäften zu nehmen, so führet mich, wohin es euch beliebt. Diesen Herrn aber laßt gehen.« »Das ist nicht Eure Sache, uns zu lehren, wen wir für verdächtig halten sollen!« versetzte einer der Polizeidiener: »Marsch, alles mit uns!«

»Auch das Frauenzimmer?« fragte Philipp: »Ich will nicht hoffen.«

»Nun, das Jüngferchen mag gehen. Für sie haben wir keinen Befehl. Aber Namen und Gesichtchen müssen wir für den Notfall kennen und den Aufenthalt.«

»Es ist die Tochter der Witwe Bittner im Milchgäßchen!« sagte Philipp und ärgerte sich nicht wenig, als die Kerls alle das Gesicht des weinenden Röschens gegen den Schein der fernen Straßenlaterne drehten und begafften.

»Geh' heim, Röschen!« sagte Philipp: »Geh' heim; fürchte nichts für mich. Ich habe ein gutes Gewissen.«

Röschen aber schluchzte laut, daß es selbst den Polizeidienern Mitleid einflößte. Der Prinz wollte diesen Umstand benutzen, um durch einen Sprung zu entkommen. Aber von den Handfesten einer war noch ein besserer Springer, stand mit einem Satz vor ihm und sagte: »Holla! der hat ein schlechtes Gewissen; er muß mit uns. Vorwärts, marsch!«

»Wohin?« fragte der Prinz.

»Direkte und schnurgeraden Wegs zu Seiner Exzellenz dem Herrn Polizeiminister.«

»Hört, Leute,« sagte der Prinz sehr ernst, doch leutselig – denn ihm war in dieser Geschichte gar nicht wohl zu Mut, weil er eben sein Nachtwächterstückchen nicht verraten wissen wollte: »Hört, Leute, ich bin diesen Augenblick nur sehr zufällig zu diesem Nachtwächter gekommen; ihr habt mit mir nichts zu schaffen. Ich bin vom Hofe. Untersteht ihr euch, mich zu zwingen, mit euch zu gehen, werdet ihr euren Irrtum bereuen und morgen bei Wasser und Brot im Turme sitzen.«

»Laßt den Herrn um Gottes willen gehen, Leute!« rief Philipp: »Verlasset euch auf mein Wort, er ist ein großer Herr, der euch euren Dienst garstig versalzen kann. Es ist ...«

»Schweig! rief Julian: »Es soll niemand aus deinem Munde erfahren, wer ich bin, wenn du allenfalls erraten hattest, wer ich sei. Hörst du, niemand! Niemand, sage ich dir, es komme, wie es wolle. Hörst du?«

»Wir tun unsre Schuldigkeit!« entgegnete ein Polizeidiener: »und dafür setzt uns keiner in den Turm. Das könnte aber am Ende dem Herrn in der Maske selbst widerfahren. Wir kennen dergleichen Sprachen schon und fürchten solche Drohungen nicht. Vorwärts, marsch!«

»Leute, nehmt Vernunft an!« rief Philipp: »Es ist ein sehr angesehener Herr am Hofe.«

»Und wenn's der König selber wäre, müßte er mit uns, das ist unsre Pflicht; er ist verdächtig!« gab einer zur Antwort.

»Ei ja!« rief ein anderer, »große Herren am Hofe haben wohl mit Nachtwächtern und euresgleichen heimliche Dinge abzutun und, wie vorhin einander in die Ohren zu zischeln.«

Während man noch des Prinzen wegen hin und her stritt, kam ein Wagen, achtspännig, mit brennenden Fackeln voran, dahergefahren, an der Kirche vorbei. »Halt!« rief eine Stimme im Wagen, als dieser eben an dem Haufen der Polizeidiener war, welche den Prinzen umringt hielten.

Der Wagen stand. Der Kutschenschlag öffnete sich. Ein Herr sprang heraus im Ueberrock, mit einem glänzenden Stern darauf, und ging zu der Menschengruppe. Er stieß die Polizeibeamten zurück, betrachtete den Prinzen von oben bis unten und sagte: »Richtig! Erkannte ich doch gleich den Vogel an seinen Federn von weitem. Maske, wer sind Sie?«

Julian wußte nicht, wohin sich in seiner Verlegenheit drehen und wenden, denn er erkannte den Herzog Hermann. »Antworten Sie mir!« rief der Herzog mit donnernder Stimme. Julian schüttelte den Kopf und winkte dem Herzog, sich fortzubegeben. Dieser aber ward noch erpichter, zu wissen, mit wem er es auf dem Balle zu tun gehabt habe. Er fragte die Polizeibeamten. Diese standen mit entblößten Häuptern um den Herzog und sagten: sie hätten Befehl, den Nachtwächter unmittelbar zum Polizeiminister zu führen; der Wächter habe gottlose Verse gesungen, wie sie mit ihren eigenen Ohren gehört, sei ihnen aber durch Kreuz- und Quergassen gesprungen; hier nun, bei der Kirche, hätten sie ihn in vertraulichem Gespräche mit der Maske ertappt, die ihnen beinahe verdächtiger schiene als der Nachtwächter. Die Maske habe sich für einen Herrn vom Hofe ausgeben wollen, allein das sei offenbare Windbeutelei. Sie hätten daher für Schuldigkeit gehalten, die Maske zu arretieren.

»Der Mensch ist nicht vom Hofe!« erwiderte der Herzog: »darauf könnt ihr sicher gehen; ich gebe euch mein Wort. Er hat sich unerlaubterweise auf dem Balle eingeschlichen und jeden glauben gemacht, er sei Prinz Julian. Er hat sich mir endlich entlarven müssen, da er auch mich betrogen und mir entwischte. Es ist ein unbekannter Mensch, ein Abenteurer. Ich habe es dem Oberhofmeister ge-

meldet. Ihr Leute, führt ihn sofort zum königlichen Palast, ihr habt
einen guten Fang getan.«

Mit diesen Worten drehte sich der Herzog um, stieg in den Wagen, rief noch einmal zurück: »Laßt ihn nicht entkommen!« und
fuhr davon.

Der Prinz sah sich verloren. Den Polizeidienern sein Gesicht zu
zeigen, hielt er für unschicklich: durch diese wären seine Geniestreiche allzu stadtkundig geworden. Minder Gefahr lief er, wenn er
vor dem Oberhofmeister oder dem Polizeiminister die Larve abzog.
Also rief er entschlossen: »Meinethalben! Kommt!«

Sie gingen. Röschen sah ihnen weinend nach.

14.

Philipp hatte beinahe an Hexerei glauben mögen, oder daß er träume. Denn so verworren und bunt es in dieser Nacht zuging, war's ihm in seinem Leben noch nicht gegangen. Er hatte sich eigentlich keine Vorwürfe zu machen, als daß er mit dem Prinzen die Kleider getauscht, und dann, wider seinen Willen, dessen Rolle auf dem Balle gespielt habe. Da aber der Prinz vermutlich die Nachtwächterrolle ebenfalls nicht in der Regel gespielt haben mochte – denn warum mußte er sich als Nachtwächter verhaften lassen? – hoffte er, bei diesem Gnade zu finden.

Beim Palaste schlug dem armen Philipp das Herz stärker. Man nahm ihm Mantel, Horn und Stange ab. Der Prinz sprach mit einem vornehmen Herrn einige Worte. Sogleich wurden die Polizeidiener weggeschickt; der Prinz ging die Stiegen hinauf, und Philipp mußte folgen.

»Fürchte dich nicht!« sagte Julian und verließ ihn. Philipp wurde in ein kleines Vorzimmer geführt wo er lange allein blieb.

Endlich kam ein königlicher Kammerdiener und sagte: »Kommt mit mir. Der König will Euch sehen.«

Philipp war fast außer sich vor Schrecken. Seine Knie wurden schwach. Er ward in ein schönes Zimmer geführt. Da saß der alte König lachend an einem kleinen Tische. Neben ihm stand der Prinz Julian ohne Larve. Sonst war niemand im Zimmer.

Der König betrachtete den jungen Menschen eine Zeitlang, und, wie es schien, mit Wohlgefallen.

»Erzähle mir alles genau,« sagte der König zu ihm, »was du in dieser Nacht getan hast.«

Philipp gewann durch die leutselige Anrede, des ehrwürdigen Monarchen wieder Mut und beichtete haarklein, was er getan und erlebt hatte, von Anfang bis zu Ende. Doch war er klug und bescheiden genug, das zu verschweigen, was er in seiner Prinzenrolle von den Höflingen gehört hatte, und wodurch Julian hatte in Verlegenheit gesetzt werden können. – Der König lachte bei der Erzählung einige Male laut auf; dann tat er noch einige Fragen über Phi-

lipps Herkunft und Beschäftigung, nahm ein paar Goldstücke vom
Tische, gab sie ihm und sagte: »Nun geh' du, mein Sohn, und warte
deines Berufes. Es soll dir nichts Leides geschehen. Aber entdecke
keinem Menschen, was du in dieser Nacht getrieben und erfahren
hast. Das befehle ich dir. Nun geh'!«

Philipp fiel dem König zu Füßen und küßte dessen Hand, indem
er einige Worte des Dankes stammelte. Als er wieder aufstand, um
fortzugehen, sagte Prinz Julian: »Ich bitte untertänigst, daß Ihre
Majestät dem jungen Menschen erlauben wolle, draußen zu warten.
Ich habe ihm für das Ungemach, das ich ihm diese Nacht verursach-
te, noch eine kleine Schuld abzutragen«

Der König nickte lächelnd mit dem Kopfe, und Philipp entfernte
sich.

»Prinz!« sagte der König und warnte drohend Mit dem aufgeho-
benen Finger: »Ein Glück für Sie, daß Sie mir die Wahrheit sagten!
Ich will auch diesmal noch Ihren wilden, albernen Possen Verzei-
hung widerfahren lassen. Sie hatten Strafe verdient. Noch einmal
solch' einen Pagenstreich, und ich werde unerbittlich sein. Nichts
wird Sie dann entschuldigen. Die Geschichte mit Herzog Hermann
muß ich noch näher kennen. Gut, wenn er fortgeht; ich mag ihn
nicht. Von dem, was Sie, über den Polizei- und Finanzminister sagten, erwarte ich ebenfalls Beweise. Gehen Sie jetzt und geben Sie
dem jungen Gärtner ein Trinkgeld. Er hat in Ihrer Maske vernünfti-
ger gehandelt, als Sie in der seinigen.«

Der Prinz verließ den König. Er legte in einem Nebenzimmer den
Ballanzug ab, den Ueberrock an, ließ Philipp rufen und befahl ihm,
mit ihm in seinen Palast zu gehen. Hier mußte Philipp alles, was er
als Stellvertreter Julians auf dem Balle vernommen und gesprochen,
Wort für Wort erzählen. Philipp gehorchte. Julian klopfte ihm auf
die Schulter und sagte: »Höre, Philipp, du bist ein gescheiter Kerl.
Dich kann ich gebrauchen. Ich bin zufrieden mit dir. Was du in
meinem Namen dem Kammerherrn Pilzow, der Gräfin Bonau, dem
Marschall und seiner Frau, dem Oberst Kalt, dem Finanzminister
und den übrigen gesagt, finde ich ganz vernünftig, und ich will es
ansehen und halten, als hatte ich es selbst gesagt. Dagegen mußt du
zu den Versen stehen, die ich in deinem Namen als Nachtwächter
gesungen habe. Du wirst zur Strafe deines Nachtwächterdienstes

entsetzt werden; das laß dir gefallen. Dafür mache ich dich zum Schloßgärtner bei mir. Ich übergebe dir meine Gärten von den beiden Schlössern Heimleben und Quellenthal. Das Geld, welches ich deiner Braut gegeben, soll ihre Aussteuer bleiben, und den Wechsel des Marschalls Blankenschwerd löse ich auf der Stelle bei dir mit fünftausend Gulden ein. Jetzt geh', diene mir treu und führe dich gut auf.«

15.

Wer war glücklicher als Philipp! Er flog in vollem Sprung zu Röschens Haus. Noch war Röschen nicht zu Bette; sie saß mit ihrer Mutter am Tische und weinte. Er warf die volle Börse auf den Tisch und sagte atemlos: »Röschen, das ist deine Aussteuer! und hier fünftausend Gulden, die sind mein. Ich habe als Nachtwächter Fehler gemacht; dafür verliere ich die Anwartschaft auf des Vaters Dienst, und übermorgen ziehe ich als Schloßgärtner des Prinzen Julian nach Heimleben. Und ihr, Mutter, und Röschen müsset mit mir nach Heimleben. Mein Vater und meine Mutter müssen auch mit mir. Ich kann euch nun wohl alle ernähren. Juchhe! Gott gebe allen guten Leuten ein solch' gutes Neujahr!

Mutter Bittner wußte nicht, ob ihren Ohren trauen bei Philipps Erzählung, und ihren Augen beim Anblick des vielen Geldes. Aber als Philipp ihr alles und wie es gekommen, doch eben nicht mehr als zu wissen nötig war, erzählt hatte, stand sie schluchzend auf, umarmte ihn mit Freuden und legte dann ihre Tochter an sein Herz. Nun lief oder tanzte die freudetrunkene Frau im Zimmer herum fragte: »Wissen das alles auch dein Vater und deine Mutter schon?« und als es Philipp verneinte, rief sie: »Röschen, mache Feuer an, tue Wasser über, koche einen guten Kaffee für unser Fünf!« nahm ihr wollenes Mäntelchen, wickelte sich hinein und ging zum Hause hinaus.

Röschen aber vergaß an Philipps Herzen Feuer und Wasser. Sie standen noch in fester Umarmung, als Frau Bittner zurückkam, begleitet vom alten Gottlieb und Mutter Käthe. Die umringten segnend ihre Kinder. Mutter Bittner mußte, wollte sie Kaffee, ihn selbst kochen.

Daß Philipp den Nachtwächterdienst einbüßte, daß Röschen nach vierzehn Tagen seine Frau ward, daß beide mit ihren Eltern nach Heimleben zogen – das gehört nicht zum Abenteuer der Neujahrsnacht, welches niemandem verderblicher ward als dem Finanzminister Bodenlos. Man hat auch seitdem nicht gehört, daß Prinz Julian ähnliche Geniestreiche gemacht habe.

Über tredition

Eigenes Buch veröffentlichen

tredition wurde 2006 in Hamburg gegründet und hat seither mehrere tausend Buchtitel veröffentlicht. Autoren veröffentlichen in wenigen leichten Schritten gedruckte Bücher, e-Books und audioBooks. tredition hat das Ziel, die beste und fairste Veröffentlichungsmöglichkeit für Autoren zu bieten.

tredition wurde mit der Erkenntnis gegründet, dass nur etwa jedes 200. bei Verlagen eingereichte Manuskript veröffentlicht wird. Dabei hat jedes Buch seinen Markt, also seine Leser. tredition sorgt dafür, dass für jedes Buch die Leserschaft auch erreicht wird.

Im einzigartigen Literatur-Netzwerk von tredition bieten zahlreiche Literatur-Partner (das sind Lektoren, Übersetzer, Hörbuchsprecher und Illustratoren) ihre Dienstleistung an, um Manuskripte zu verbessern oder die Vielfalt zu erhöhen. Autoren vereinbaren direkt mit den Literatur-Partnern die Konditionen ihrer Zusammenarbeit und partizipieren gemeinsam am Erfolg des Buches.

Das gesamte Verlagsprogramm von tredition ist bei allen stationären Buchhandlungen und Online-Buchhändlern wie z. B. Amazon erhältlich. e-Books stehen bei den führenden Online-Portalen (z. B. iBookstore von Apple oder Kindle von Amazon) zum Verkauf.

Einfach leicht ein Buch veröffentlichen: **www.tredition.de**

Eigene Buchreihe oder eigenen Verlag gründen

Seit 2009 bietet tredition sein Verlagskonzept auch als sogenanntes "White-Label" an. Das bedeutet, dass andere Unternehmen, Institutionen und Personen risikofrei und unkompliziert selbst zum Herausgeber von Büchern und Buchreihen unter eigener Marke werden können. tredition übernimmt dabei das komplette Herstellungs- und Distributionsrisiko.

Zahlreiche Zeitschriften-, Zeitungs- und Buchverlage, Universitäten, Forschungseinrichtungen u.v.m. nutzen diese Dienstleistung von tredition, um unter eigener Marke ohne Risiko Bücher zu verlegen.

Alle Informationen im Internet: **www.tredition.de/fuer-verlage**

tredition wurde mit mehreren Innovationspreisen ausgezeichnet, u. a. mit dem Webfuture Award und dem Innovationspreis der Buch Digitale.

tredition ist Mitglied im Börsenverein des Deutschen Buchhandels.

Dieses Werk elektronisch lesen

Dieses Werk ist Teil der Gutenberg-DE Edition DVD. Diese enthält das komplette Archiv des Projekt Gutenberg-DE. Die DVD ist im Internet erhältlich auf **http://gutenbergshop.abc.de**